Kai Meyer

Sieben Siegel

Die Rückkehr des Hexenmeisters

omnibus

DER AUTOR

Kai Meyer, geboren 1969, studierte Film und Theater und schrieb seinen ersten Roman im Alter von 24 Jahren. Seither hat er über 40 Bücher veröffentlicht, darunter Bestseller wie »Die Alchimistin« in der Erwachsenenbelletristik und »Die fließende Königin« sowie »Die Wellenreiter« im Kinder- und Jugendbuch. Seine Bücher wurden in mehr als 20 Ländern veröffentlicht, u. a. in den USA, in England, Japan, Italien, Frankreich und Russland. Für »Frostfeuer« erhielt Kai Meyer 2005 den CORINE-Literaturpreis in der Kategorie Kinder- und Jugendbuch.

Von Kai Meyer ist bei OMNIBUS erschienen:

»Sieben Siegel – Der schwarze Storch« (21603)

Kai Meyer

Sieben Siegel

Die Rückkehr des Hexenmeisters

Mit Illustrationen von Wahed Khakdan

omnibus

OMNIBUS
ist der Taschenbuchverlag für Kinder
in der Verlagsgruppe Random House

FSC
Mix
Produktgruppe aus vorbildlich
bewirtschafteten Wäldern und
anderen kontrollierten Herkünften

Zert.-Nr. SGS-COC-1940
www.fsc.org
© 1996 Forest Stewardship Council

Verlagsgruppe Random House FSC-DEU-0100
Das für dieses Buch verwendete
FSC-zertifizierte Papier *Munken Print*
liefert Arctic Paper Munkedals AB, Schweden

1. Auflage
Erstmals als OMNIBUS Taschenbuch August 2006
Gesetzt nach den Regeln der Rechtschreibreform

Umschlagbild: Almud Kunert
Innenillustrationen: Wahed Khakdan
Umschlaggestaltung: Basic-Book-Design,
Karl Müller-Bussdorf
MI · Herstellung: CZ/JL
dtp Satz im Verlag: Jessica Lange
Druck und Bindung: GGP Media GmbH,
Pößneck
ISBN-10: 3-570-21602-0
ISBN-13: 978-3-570-21602-6
Printed in Germany

www.omnibus-verlag.de

Inhalt

Giebelstein
Blick von Süden nach Norden

Hügelgrab
Bahndamm
Schwarzdorns Bestattungsinstitut
Talmühle

Fischzähne

Kyra begegnete der unheimlichen Frau, in deren Handtasche ein Fliegender Fisch lebte, an einem Freitagabend.

Kyra war zwölf – ziemlich erwachsen, fand sie. Anderswo wäre es vielleicht gefährlich für ein Mädchen in ihrem Alter gewesen, nach Einbruch der Abenddämmerung ganz allein durch die Gegend zu streifen. Anderswo hätten sich ihre Eltern wahrscheinlich schon Sorgen gemacht, und, wer weiß, vielleicht wären bereits fünf Hubschrauber und zweihundert Polizisten unterwegs, um nach ihr zu suchen.

Nicht aber hier, nicht in Giebelstein. Hier geschah nie irgendetwas. Alles war nett und freundlich. *So beschaulich*, sagten die Erwachsenen. *So sterbenslangweilig*, meinte Kyra. Zumindest bis zu diesem Abend.

Meistens dachte sie so was, wenn sie allein war, so wie jetzt. Ihre besten Freunde Nils und Lisa, deren Eltern das alte Hotel Erkerhof gehörte, hatten heute zu Hause bleiben müssen. Eine der hässlichen Blumenvasen in den verwinkelten Fluren des Hotels war beim Fangenspiel der Geschwister zu Bruch gegangen. Zur Strafe hatte ihr Vater sie zu einem Tag Hausarrest verdonnert.

Nun war ein Tag Zuhausebleiben eigentlich nicht

besonders schlimm, aber Kyra kam es trotzdem vor wie ... na ja, ungefähr wie Fußnägelziehen. Kyra wurde nämlich nie bestraft. Ihre Tante Kassandra, bei der sie lebte, hielt nicht viel davon – was wirklich eine feine Sache war.

Kyra wusste sehr genau, wie weit sie gehen durfte, um Tante Kassandra nicht zu verärgern. Zum Beispiel durfte sie abends lange aufbleiben, viel länger als andere Kinder. Auch war es nicht schlimm, wenn sie einmal das Mittagessen versäumte. (Tante Kassandra war eine schauderhafte Köchin und Vegetarierin noch dazu.) Am besten aber war, dass ihre Tante niemals fragte: »Hast du dir auch die Zähne geputzt?«, oder: »Wie sehen denn deine Fingernägel aus?«

Ja, Tante Kassandra war wirklich in Ordnung.

Jetzt aber, an diesem Freitagabend, dachte Kyra weder an Mittagessen noch an Zähneputzen. Der Abend war viel zu schön, um sich mit solchen Unwichtigkeiten zu beschäftigen. Der Mond stand schon am Himmel, und das, obwohl es noch nicht völlig dunkel war. In ein paar Tagen würde Vollmond sein und bereits jetzt lag weißgraues Licht über dem Land wie eine Glasur aus Eis.

Giebelstein war eine kleine Stadt und sie ruhte einsam inmitten einer weiten Hügellandschaft. Felder und Weiden umgaben den Ort von allen Seiten, überzogen von einem Raster dichter Begrenzungshecken und grasüberwucherter Feldwege. Im Norden und Süden, ungefähr zwei, drei Kilometer von der Stadt und ihrer alten Festungsmauer entfernt, wucherten dichte Wälder. Während der Dämmerung sahen sie aus wie schwarze Löcher, die jemand in ein Gemälde gebrannt hatte.

Kyra hatte den Nachmittag im Hügelgrab verbracht. Das war ihr Lieblingsplatz, und normalerweise – wenn nur diese verflixte Vase nicht zerbrochen wäre – hätten Nils und Lisa sie dorthin begleitet. Sie konnten dort stundenlang herumsitzen, auf Grashalmen kauen, den Vögeln am Himmel zuschauen und Unsinn reden. Vor allem Unsinn reden.

Heute freilich war es damit nicht allzu weit her. Kyra hätte schon mit sich selbst reden müssen und das wurde sehr schnell langweilig. Nicht dass sie Leute, die Selbstgespräche führten, für verrückt hielt, oh nein! Manchmal erwischte sie sich sogar selbst dabei. Aber es war eben nicht besonders unterhaltsam, wenn man immer schon im Voraus wusste, was einem als Nächstes erzählt wurde. Deshalb hatte sie lieber dagesessen, herumgesponnen und zwischendurch ein paar Seiten in einem Buch gelesen, das sie von zu Hause mitgebracht hatte.

Das alte Hügelgrab lag natürlich – nicht schwer, das zu erraten – auf einem Hügel. Im Dorf erzählte man sich, dass es mindestens dreitausend Jahre alt sei, vielleicht sogar noch älter. Damals, als noch die Germanen oder Kelten oder weiß-der-Teufel-wer hier gehaust hatten, hatte man die Spitze des Hügels abgetragen und aus grauem Bruchstein wieder aufgebaut, eine halbrunde Kuppel, in deren Mitte es eine Kammer gab. Man konnte sie durch einen Gang erreichen, der ins Innere des Grabes führte. Früher war dort wahrscheinlich ein mächtiger Krieger aufgebahrt worden, mausetot, mit Ketten aus Tierzähnen und einem gehörnten Helm, den man ihm auf die Brust gelegt hatte.

Mittlerweile allerdings sah man davon nichts mehr. Die Steinkammer war schon seit vielen Jahren leer. Grabräuber und Wissenschaftler hatten alles ausgeräumt und den Zugang mit schweren Balken und Stahlstangen versperrt. Trotzdem gab es einen Spalt, der breit genug war, dass sich ein Kind hindurchzwängen konnte.

Hundert Meter hinter dem Hügelgrab erhob sich der Waldrand wie ein finsterer Riss in der Wirklichkeit. Kyra wandte sich nach Süden und streifte über Wiesen, auf denen sich saftiges Gras im Abendwind bog. In den hohen Hecken, die zwischen den Feldern und Weiden verliefen, raschelte es geheimnisvoll; Vögel, die zum Abend in ihre Nester heimkehrten, schlüpften durch Löcher im Geäst und verschwanden in der Dunkelheit. Kyra kannte jede dieser Hecken, sie wusste, welche von ihnen dicht und dornig war und in welcher man sich gefahrlos verstecken konnte. Sie liebte Hecken, von ihr aus hätte die ganze Welt voll davon sein können. Überall Hecken, überall Verstecke, überall schattige Tunnel unter Gewölben aus Laub.

Inmitten der Wiesen, auf halber Strecke zwischen dem Hügelgrab und Giebelstein, verlief ein hoher

Bahndamm. Die Zugstrecke war schon seit vielen Jahrzehnten stillgelegt, die Gleise mit Moos und Buschwerk überwuchert. Der Bahndamm thronte etwa sechs Meter über den Feldern, seine steilen Hänge waren mit Brombeergestrüpp und Wildblumen bedeckt. Lupinen senkten im Abenddunkel ihre violetten Blüten, Windröschen und Springkraut leuchteten in der Dunkelheit. Wohin die rostigen Gleise führten und woher sie kamen, wusste weder Kyra noch eines der anderen Kinder. Auf den Karten in ihren Schulatlanten war diese Verbindung nicht eingetragen, wahrscheinlich war sie zu alt, noch aus dem letzten Jahrhundert. Da keine Bahn mehr diese Strecke befuhr und höchstens Marder und Eichhörnchen über die Schienen huschten, interessierte sich niemand mehr dafür. Irgendwann einmal, das hatte Kyra sich fest vorgenommen, würde sie den Schienen folgen, würde weitergehen und weitergehen, bis sie sah, was an ihrem Ende lag. Vielleicht eine verlassene Bahnstation, unkrautüberwuchert und rätselhaft, in der die Geister toter Reisender spukten.

Es war hier, auf diesem Bahndamm, an diesem Freitagabend und im Halblicht des zunehmenden Mondes, wo die Ereignisse ihren Anfang nahmen.

Gerade noch rechtzeitig sah Kyra die Gestalt, die einsam zwischen den Gleisen stand. Hastig zog sie sich zurück zwischen die Brombeerbüsche, machte sich ganz klein und sah zu, was dort draußen vor sich ging.

Die Frau war sehr schlank und sehr schön. Selbst Kyra, die sonst nicht auf derlei Nebensächlichkeiten achtete, musste sich das eingestehen. Im Mondschein war die Haut der Fremden weiß und ebenmäßig, langes schwarzes Haar fiel wie ein Umhang über ihren Rücken. Obwohl keine fünf Meter die beiden voneinander trennten, hatte die Frau das Mädchen noch nicht bemerkt. Sie trug einen kurzen Rock und dunkle Strumpfhosen, außerdem eine sehr knappe Jacke aus Samt. Sie schien nicht zu frieren. Vor ihr am Boden stand eine große Handtasche aus Krokodilleder. Das hässliche Ding war weit geöffnet, ein breites, zahnloses Maul mit Schnappverschluss.

Kyra hatte Hunger, auch wenn sie zu Hause nur Tante Kassandras Gemüseeintopf erwartete, und so hatte sie den Bahndamm ziemlich hastig erklommen. Weil der Hang steil anstieg, war sie jetzt ganz schön außer Atem. Sie versuchte, die Luft anzuhalten, damit die Frau sie nicht hörte, aber das machte es nur noch schlimmer: Schon nach ein paar Sekunden musste sie heftig ein- und ausatmen, viel zu laut und abgehetzt.

Doch falls die Frau sie hörte, ließ sie es sich nicht anmerken. Sie hatte das Gesicht zum Himmel gewandt, so als gäbe es dort oben etwas ungemein Interessantes zu sehen. Dabei lächelte sie. Mondlicht blitzte auf ihren weißen Zähnen. Kyra lief ein Schauder über den Rücken, obwohl es eigentlich gar nichts gab, vor dem sie sich hätte fürchten müssen.

Nur eine geheimnisvolle Frau in der Dunkelheit. Allein auf einem stillgelegten Bahndamm. Mit einer offenen Krokodilledertasche vor sich im Gras.

Nein, keine Gefahr. Nicht einmal eine kleine Bedrohung. Davon war Kyra überzeugt – ungefähr zehn Sekunden lang! Dann nämlich folgte sie dem Blick der Frau und schaute hinauf zum Abendhimmel.

Hoch oben jagten sich zwei Vögel. Der eine war ein Raubvogel, ein Bussard. Das Sonderbare war, dass er nicht der Jäger war – nein, der Bussard wurde gejagt. Noch merkwürdiger erschien es Kyra, dass der zweite Vogel silbrig glitzerte, so als wäre er aus Metall.

Das Lächeln der Fremden wurde breiter, jetzt kicherte sie leise. Es klang überhaupt nicht wie das Lachen einer jungen Frau, eher meckernd und gemein. Uralt. Und bösartig.

Der silberne Vogel holte den Bussard ein und einen Augenblick später verschwanden beide in einer Wolke aus Federn. Eine Schwanzfeder rieselte genau vor Kyras Gesicht vom Himmel und wurde von einem langen Brombeerdorn aufgespießt. Kyra spürte, wie eine Gänsehaut über ihren Körper kroch.

Nur Federn rieselten zu Boden, nichts sonst. Keine Vogelknochen, keine anderen Überreste. Das Silberding flog einen engen Kreis, dann schoss es abrupt in die Tiefe, genau auf den Bahndamm zu. Einen Moment lang glaubte Kyra, die Kreatur stürze sich auf sie herab. Würde es ihr genauso ergehen wie dem Bussard? Was würde von ihr übrig bleiben? Nur ihr langes rotes Haar, wirre Knäuel, die zwischen den Dornen der Brombeersträucher hingen?

Aber das Wesen hatte es gar nicht auf sie abgesehen. Einige Meter über dem Boden bremste es seinen Flug, schwirrte in einer Schleife um die Frau auf den Gleisen, dann schoss es in steilem Winkel in die offene Handtasche. Die unheimliche Fremde kicherte erneut, dann bückte sie sich, ließ die Tasche zuschnappen und schob sie sich unter den rechten Arm. Noch einmal schaute sie sich aufmerksam um, dann stieg sie den Bahndamm hinunter und verschwand aus Kyras Blickfeld.

Kyra hockte stocksteif zwischen den Sträuchern. Ihr war, als hätte die Gänsehaut sich wie ein Eispanzer um ihre Glieder gelegt. Sie fror und trotzdem schwitzte sie und erst ganz allmählich konnte sie sich wieder bewegen.

Als das Silberding um den Oberkörper der Frau gekreist war, hatte Kyra es ganz genau sehen können. Es war kein Vogel gewesen. Nein, es war ein Fisch.

Ein echter, wahrhaftiger Fliegender Fisch.

Und trotzdem hatte er ganz anders ausgesehen als die Fliegenden Fische, die sie aus Büchern und Fernsehberichten kannte. Er war nicht klein und zierlich gewesen, nicht schlank wie eine Messerklinge. Dieser hier war klobiger und irgendwie verwachsen, mit einem langen, kantigen Unterkiefer und mehreren Reihen nadelspitzer Zähne. Aus seiner Stirn hatte

eine Art Fühler geragt, ein weißer, widerlicher Wurm mit einem schimmernden Punkt an der Spitze. Jetzt erinnerte sich Kyra, wie das Wesen ausgesehen hatte: genau wie einer dieser scheußlichen Tiefseefische, die man in Tierfilmen oder Monstervideos sieht. Durch und durch scheußlich. Ekel erregend. So als würde es sich mit Vorliebe in der Kehle eines Menschen verbeißen.

Aber warum hatte dieser Tiefseefisch, der fraglos aus dem schwärzesten aller Ozeangräben emporgestiegen war, durchscheinende Flughäute gehabt? Und warum konnte er ohne Wasser überleben und hauste in einer Handtasche aus Krokoleder?

Und vor allen Dingen: Wer war diese Frau, die kichernd zusah, wie eine so entsetzliche Kreatur am Himmel über Giebelstein Raubvögel jagte?

Erst ganz allmählich wich Kyras Anspannung. Sie pflückte die Bussardfeder von dem Dorn und legte sie vorsichtig zu Boden, als könnte das irgendwie wieder gutmachen, was mit dem Vogel geschehen war. Dann erhob sie sich und trat vorsichtig aus den Büschen. Gebückt überquerte sie den überwucherten Schienenstrang und blickte auf der anderen Seite über die Wiesen und Hecken, die sich bis zu Giebelsteins erleuchteten Fenstern erstreckten.

Die Frau mit der Tasche war fort. Keine Spur von ihr.

Was aber, wenn sie sich zwischen den Hecken verbarg? Wenn sie in diesem Augenblick Kyra beobachtete, über das Reptilleder ihrer Handtasche streichelte und dem Biest darin zuraunte, dass es bald neue Nahrung finden würde? Größere Nahrung?

Kyra sprang die Böschung hinunter und rannte, so schnell sie konnte, rannte, bis die Weiden hinter ihr zurückblieben und das Haus ihrer Tante wie eine mittelalterliche Fluchtburg vor ihr emporwuchs.

Sie rannte sogar noch, als sie bald darauf in ihrem Bett lag und einschlief, rannte durch einen Traum voller kleiner, scharfer Zähne, gejagt von etwas, was vielleicht ein Fisch war, vielleicht aber auch etwas viel, viel Schlimmeres.

Eine Warnung – na und?

Am nächsten Morgen, einem Samstag, saßen Kyra, Nils und Lisa in Tante Kassandras Teeladen. Eigentlich hätten sie alle lieber Cola getrunken oder Orangensaft, doch was das anging, kannte Kyras Tante kein Erbarmen. Wie jedes Mal, wenn die drei um den kleinen runden Tisch in der dunkelsten Ecke des Ladens saßen, servierte Tante Kassandra ihren neuesten Tee. Denn Tee – in allen Farben und aus aller Welt, mit allen Gerüchen und in allen Geschmacksrichtungen – war ihre erklärte Spezialität.

»Riecht seltsam«, bemerkte Nils und verzog das Gesicht. Er war strohblond, genau wie seine Schwester Lisa. Allerdings war er ein gutes Jahr älter als sie, und er wurde nicht müde, ihr das unter die Nase zu reiben.

Im Augenblick allerdings war Lisas Nase anderweitig beschäftigt. »Irgendwie ... exotisch«, sagte sie und schnüffelte an ihrer Tasse.

Kyra schwieg und beachtete die Teetasse vor sich auf dem Tisch überhaupt nicht. Sie blickte gedankenverloren durch das Schaufenster des kleinen Geschäfts auf die gepflasterte Straße. Gegenüber lag der Buchladen vom alten Herrn Mohr mit seinen staubigen Fenstern und den ewig gleichen Lederbänden in der Auslage. Herr Mohr hatte wahrscheinlich seit fünfzig Jahren keine neue Lieferung

mehr bekommen. Wahrscheinlich seit *hundert*fünfzig.

Nils starrte immer noch seine dampfende Tasse an, wie hypnotisiert von den wallenden Schwaden. »Äh, bitte, was für Tee soll das eigentlich sein?«

Tante Kassandra verschränkte die Arme vor der Brust und hob eine Augenbraue. »Venusfliegenfallentee«, sagte sie. »Was daran auszusetzen?«

Sie war Mitte dreißig, groß und ziemlich dünn. Auch sie hatte rotes Haar, allerdings nicht ganz so dunkel wie das von Kyra. Sie hatte es zu einer wilden Frisur hochgesteckt, aus deren Spangen und Haargummis überall rote Locken quollen, manche bis über den Ausschnitt ihres Kleides aus beigefarbenem Naturleinen. An jedem Arm trug sie mindestens ein Dutzend Reife und Ringe, die bei jeder Bewegung klirrten wie ein Glockenspiel. Tante Kassandra hatte sehr dunkle Augenbrauen, nicht buschig, allerdings fast schwarz, äußerst ungewöhnlich für eine Rothaarige. In Giebelstein galt sie als Paradiesvogel, nicht nur aufgrund ihres gemütlichen Teeladens, in den sich nur selten ein Kunde verirrte, sondern wegen ihres ganzen Auftretens. Kyra wusste, dass sich viele Männer auf der Straße verstohlen nach ihrer Tante umschauten.

Oft legte Tante Kassandra für andere Leute die Karten und las aus ihnen die Zukunft. Hin und wieder erstellte sie auch Horoskope aus Teeblättern und manchmal, meist vor dem ersten Mai, kamen junge Männer zu ihr und ließen sich Liebestränke brauen.

Außerdem verstand sie einiges von Arzneien. Nicht von den bunten, bitter schmeckenden Pillen, die es in Herrn Reisigs Apotheke gab – nein, Tante Kassandra mischte selbst Medizin aus allerlei natürlichen Zutaten zusammen, und nicht selten war die Wirkung ganz ausgezeichnet.

Nicht ganz so ausgezeichnet waren einige ihrer Teekreationen. Und ihr Venusfliegenfallentee schien dem Geruch nach eindeutig in die Schublade »ungenießbar« zu gehören.

»Also?«, fragte sie und blickte streng auf die drei Freunde herab. »Wie wär's, wenn ihr endlich mal probieren würdet?«

»Zu heiß«, sagte Nils sehr hastig.

Lisa nickte. »*Viel* zu heiß.«

Tante Kassandra runzelte die Stirn. »Wie steht's mit dir, Kyra? Du hast doch Durst, oder?«

Kyra hatte das Gefühl, als hätte man sie aus tiefem Schlaf wachgerüttelt. In Gedanken war sie immer noch auf dem Bahndamm, in der Dunkelheit, gestern Abend. Sie hatte bisher niemandem davon erzählt.

»Bitte?«, fragte sie. Sie hatte gar nicht zugehört, worüber die anderen gesprochen hatten.

»Der Tee«, sagte ihre Tante und zeigte mit Nachdruck auf Kyras Tasse. »Du sollst mir sagen, wie er dir schmeckt.«

Kyra beugte sich vor, streckte die Nase in den Dampf und zog eine Grimasse. »Wie er schmeckt, oder wie es sich anfühlt, wenn er mir ein Loch in den Bauch frisst? Was ist das? Säure?«

»Venus-fliegen-fallen-tee«, riefen Nils und Lisa im Chor.

Tante Kassandra runzelte die Stirn. »Riecht er so schlecht?«

Alle drei nickten zugleich.

»Der Tee kommt aus Asien, wisst ihr«, erklärte Tante Kassandra. »Er ist etwas ganz Besonderes.«

»Oh ja«, seufzte Kyra. »So wie vorgestern der Haifischflossentee. Und der Tigerkrallentee letzte Woche. Und der ...«

»Der Fliegender-Teppich-Tee«, unterbrach sie Nils.

»Genau«, pflichtete Kyra ihm bei. »Tee aus den Fasern eines echten fliegenden Teppichs. Wer weiß, wie viele splitternackte Fakire da schon draufgesessen hatten und –«

»Fakire sitzen auf Nagelbrettern!«, fiel ihre Tante ihr ein wenig erbost ins Wort. »Außerdem *hieß* der Tee nur so!«

»Schmeckte aber irgendwie nach nacktem Fakir«, sagte Lisa und hob ihre knochigen Schultern.

Tante Kassandra brummte etwas Unverständliches, dann machte sie sich daran, die drei vollen Tassen wieder abzuräumen. Sie murmelte immer noch vor sich hin, als sie den Inhalt in das kleine Waschbecken auf der andern Seite des Ladens goss. Die Freunde wechselten verstohlene Blicke und grinsten.

Alle drei waren überzeugt, dass es wahrscheinlich nirgendwo auf der Welt einen gemütlicheren Ort gab als Tante Kassandras Teeladen. Nicht einmal das

Hügelgrab konnte es damit aufnehmen. Das Problem war nur, dass Tante Kassandra ihnen jedes Mal, wenn sie sich hier trafen – und das war beinahe jeden Tag –, eine ihrer neusten Tee-Entdeckungen aus Fernost, Südamerika oder Grönland vorsetzte. Und es kam ausgesprochen selten vor, dass sie sich so schnell geschlagen gab wie heute. Meistens kamen die Kinder nicht umhin, ihre Tassen leer zu trinken – und wer einmal Tee getrunken hat, der aus den Knollen der Owigabawombo-Wurzel oder den Häusern angolanischer Wüstenschnecken gebraut worden ist, der wird nachfühlen können, wie den dreien zumute war.

Der Laden war nicht sehr groß. An den Wänden standen hohe Regale mit hunderten von Teedosen, die meisten hübsch bedruckt oder sogar handbemalt. Eine Vielzahl exotischer Düfte vermischte sich zu etwas, was roch wie einst die Basare in Bagdad, als das Mädchen Scheherazade dem Kalifen Schehrijar tausendundeine Nacht lang Geschichten erzählte. Für die Freunde war Kassandras Teeladen ein magischer Ort, ein Raum, in dem Gerüche aus jedem Winkel der Welt Gestalt annahmen, mal in Form von Geschichten, die sie einander erzählten, mal als verrückte Ideen, die ihnen unvermittelt in den Sinn kamen.

Kyra war drauf und dran, den anderen zu erzählen, was am Abend vorgefallen war, doch Nils kam ihr eilig zuvor. Seine Spezialität waren Gruselgeschichten, und er pflegte beim Leben seines Lieblingshamsters zu schwören, dass sich alles tatsächlich so und nicht anders zugetragen hatte.

»Habt ihr eigentlich schon von der Sache mit dem Babysitter gehört?«, fragte er, wartete aber nicht, bis einer der beiden eine Antwort gab. »Also, jemand aus der Schule hat mir erzählt, seine Kusine kenne ein Mädchen, dessen Schwester mal bei einer Familie Babysitter war. Die Leute hatten drei kleine Kinder, fünf oder sechs Jahre alt.«

»Als ich so alt war, hab ich keinen Babysitter gebraucht«, prahlte Kyra stolz.

»Weil ich so gut wie nie ausgehe«, bemerkte ihre Tante und grinste.

Kyra schoss einen vernichtenden Blick auf sie ab, dann hörte sie weiter zu, was Nils zu berichten hatte.

Er senkte die Stimme zu einem geheimnisvollen Raunen. »Das Mädchen hatte die drei Kinder in ihre Betten im ersten Stock gebracht und saß allein vor dem Fernseher im Erdgeschoss. Draußen heulte der Wind ums Haus und die Fensterläden klapperten.«

»Lass mich raten«, meinte Lisa und seufzte. »Im Fernsehen lief ein Horrorfilm.«

»Woher weißt du das?«, fragte Nils verblüfft.

Kyra lachte. »Nun erzähl schon weiter.«

»Sie schaute sich also diesen Film an, trank Cola – sie mochte keinen Tee, wisst ihr –, als plötzlich das Telefon klingelte. Als sie abhob, hörte sie am anderen Ende nur leises Atmen. Erschrocken legte sie auf. Fünf Minuten später klingelte es wieder. Diesmal ertönte aus dem Hörer ein heiseres Kichern, ein wirklich böses Kichern, das könnt ihr mir glauben. Das Mädchen unterbrach die Verbindung und rief die Polizei an.«

»Nur weil jemand gekichert hat?«, fragte Lisa zweifelnd.

»Wart's ab ... Der Polizist sagte ihr, sie solle beim nächsten Mal versuchen, den Anrufer möglichst lange hinzuhalten, damit das Gespräch vom Polizeicomputer zurückverfolgt werden könnte. Eine Viertelstunde später klingelte das Telefon abermals. Der Mann am anderen Ende lachte gehässig und sagte noch immer kein Wort, lachte immer nur lauter und lauter und lauter. Das Mädchen konnte dieses Lachen nicht länger ertragen und warf den Hörer auf die Gabel. Und dann – und jetzt passt auf! –, nur ein paar Sekunden waren vergangen, klingelte das Telefon zum vierten Mal. Diesmal war es der Polizist. Und wisst ihr, was er sagte?«

»Was?«, entfuhr es Kyra und Lisa zugleich.

Ein teuflisches Grinsen huschte über Nils' Gesicht. »Der Polizist sagte: ›Schnell, Mädchen, du musst das Haus verlassen! Die Anrufe kommen von oben, vom zweiten Apparat im Obergeschoss!‹ Das Mädchen ließ schreiend den Hörer fallen und rannte hinaus auf die Straße. Niemand folgte ihr. Doch als wenig später die Polizei eintraf, fanden sie im ersten Stock tatsächlich einen Mann. Er war aus dem Irrenhaus ausgebrochen und hielt ein langes Messer in der Hand.«

»Und die drei Kinder?«, fragte Lisa atemlos.

»Das erzähl ich euch lieber nicht«, flüsterte Nils unheilschwanger.

»Alle tot?«, fragte Kyra mit großen Augen.

Nils nickte bedächtig. »Alle ... tot!«

Den Mädchen liefen eiskalte Schauder über den Rücken, sogar Tante Kassandra schüttelte sich.

Kyra fasste sich als Erste. »Ich glaube, das hast du alles nur erfunden. Wie immer.«

»Beim Leben meines Lieblingshamsters schwöre ich, dass ... «

»Ja, ja, schon gut«, erwiderte Kyra, die Nils' Wahrheitsbeteuerungen längst in- und auswendig kannte. Sie atmete tief durch, dann sagte sie: »Ich muss euch auch was erzählen. Und meine Geschichte ist *wirklich* wahr.«

Und dann berichtete sie den anderen, was sie am Vorabend erlebt hatte. Sie ließ keine Einzelheit aus, beschrieb genau, wie die unheimliche Frau ausgesehen hatte, erzählte von dem schrecklichen Fisch mit den spitzen Zähnen und davon, was dieses Biest mit dem Raubvogel angestellt hatte.

Als sie fertig war, sank sie erschöpft im Stuhl in sich zusammen. Es war, als hätte sie die Ereignisse ein zweites Mal durchlebt. Auch ihre Gänsehaut war zurückgekehrt. Beinahe wünschte sie sich, Tante Kassandra hätte den Tee doch nicht fortgeschüttet. Einen heißen Schluck davon hätte sie jetzt gut vertragen können.

»Das ist irre«, entfuhr es Nils, aber aus seinem

Tonfall war nicht ganz herauszuhören, ob er damit »toll« oder »grässlich« meinte.

»Gruselig«, keuchte Lisa.

Kyra nickte. »Darauf kannst du wetten.«

Ihre Tante trat neben sie und ging in die Hocke. Aus irgendwelchen Gründen hatte der Tisch seit jeher nur drei Stühle, obwohl sie ja meistens zu viert im Laden waren.

»Kyra«, sagte sie, »ist das wirklich wahr?«

»Jedes Wort.«

»Eine Frau mit einem Fliegenden Fisch in einer Krokoledertasche? Und du bist ganz sicher?«

»Ich hab sie doch mit eigenen Augen gesehen!«

Tante Kassandra war kreidebleich geworden. Ihre Unterlippe zitterte leicht. Kyra hatte sie noch nie so aufgeregt gesehen. Der Anblick ihrer verstörten Tante beunruhigte sie beinahe noch mehr als die schaurige Begegnung auf dem Bahndamm. Wenn Erwachsene plötzlich so hilflos wirken, ist das, als würde ihnen jemand die Maske mit den Fältchen vom Gesicht reißen und das kleine, verängstigte Kind darunter zum Vorschein bringen.

»Du darfst nie wieder dorthin gehen«, sagte Tante Kassandra schließlich. Ihre Stimme klang heiser.

»Zum Bahndamm?«, fragte Kyra empört. »Aber …«

»Es ist zu gefährlich.« Tante Kassandra stand wieder auf und lief erregt im Laden auf und ab. »Liebe Güte, ich wünschte, dein Vater wäre hier und würde dich auf eine seiner Reisen mitnehmen. Euch alle drei.«

Kyras Vater, Professor Rabenson, war Wissenschaftler. Er schrieb Sachbücher über außersinnliche Phänomene, über Geister und Ufos und andere Sachen, die von den meisten Menschen für Blödsinn gehalten wurden. Seine Bücher waren in viele Sprachen übersetzt worden und er hatte Millionen von Exemplaren verkauft. Mit dem Geld, das er dadurch verdiente, finanzierte er immer neue Forschungsreisen, die ihn in alle Welt führten. Er besaß kein Haus mehr, wohnte nur in Hotels, in Pensionen oder sogar im Zelt, irgendwo im Regenwald oder in der Sahara.

Tante Kassandra und Kyra lebten von dem Geld, das der Professor ihnen jeden Monat überwies. Und immer in den Ferien kam er nach Giebelstein, wo er selbst geboren und aufgewachsen war, packte Kyras Koffer und nahm sie und ihre beiden besten Freunde mit auf eine Reise. Die Eltern von Nils und Lisa verfügten kaum über die nötigen Mittel, um ihr Hotel vor dem Ruin zu bewahren. Deshalb waren sie froh, dass Kyras Vater die Geschwister während der Schulferien unter seine Fittiche nahm.

Kyra glaubte, dass er sich so um ihre Freunde kümmerte, weil er ihr gegenüber ein schlechtes Gewissen hatte. Wenn sie zusammen waren, erfüllte er ihr jeden Wunsch, so als könnte er mit Zuckerwatte und Limonade und türkischem Honig all die Monate wettmachen, die sie ohne ihn auskommen musste. Ihre Mutter war schon lange tot, gestorben, als Kyra noch ein kleines Kind war. Sie konnte sich nicht einmal an ihr Gesicht erinnern. Tante Kassandra war die jüngere Schwester des Professors und sie ersetzte Kyra schon seit Jahren Mutter und Vater. Kyra hatte sich längst daran gewöhnt, und ihr Leben gefiel ihr so, wie es war. Sie liebte ihre Tante über alles, denn Kassandra war die stärkste und verrückteste Frau, die ihr je begegnet war.

Umso mehr erschreckte es Kyra, dass ihre Tante derart entsetzt auf ihre Erzählung von der Frau mit dem Fisch reagierte.

»Hört zu«, sagte Tante Kassandra und blickte ernst von einem Kind zum anderen. »Ich kann euch nicht hier im Haus einsperren. Ich glaube nicht einmal, dass ihr hier bei mir sicher sein würdet. Nein, ganz bestimmt nicht. Aber ihr müsst mir versprechen, dass ihr euch von dieser Frau fern haltet. Und wenn ihr sie noch einmal seht – egal wer von euch und wo und wann –, dann kommt schnell her und erzählt es mir.«

»Und dann?«, fragte Kyra neugierig. »Hast du sie schon mal gesehen?«

»Und dann ... dann ...«, stammelte ihre Tante, »nun, dann werden wir uns gemeinsam etwas einfallen lassen. Einverstanden?«

»Das klingt ja, als würdest du diese Frau kennen«, stellte Kyra argwöhnisch fest.

»Ich? Oh nein. Ich kenne sie nicht und darüber bin ich verdammt froh, das dürft ihr mir glauben. Aber ich weiß ein wenig über sie und ihresgleichen – und das reicht, um mir eine Heidenangst zu machen.«

Kyra wollte weitere Fragen stellen, aber Tante

Kassandra wehrte sie mit einem heftigen Kopfschütteln ab.

»Kein Wort mehr darüber«, sagte sie. »Man kann den Teufel auch heraufbeschwören, wenn man ihn nur beim Namen nennt.«

»Den Teufel?«, fragte Lisa. Auch sie war sehr blass geworden.

»Das war bildlich gesprochen«, wies ihr Bruder sie altklug zurecht.

Tante Kassandra schaute die Freunde nachdenklich an, einen nach dem anderen, dann drehte sie sich um und verschwand im Hinterzimmer des Ladens.

Kyra strich sich eine dunkelrote Strähne aus dem Gesicht, dann wechselten sie und die anderen verwunderte Blicke.

Den Teufel heraufbeschwören.

Kyra traf eine Entscheidung.

Auf dem Friedhof

Am Abend schlich Kyra sich aus dem Haus, um Nils und Lisa zu treffen. Sie konnte sich nicht erinnern, sich schon einmal heimlich davongestohlen zu haben – bisher war das nie nötig gewesen. Aber Tante Kassandra hatte so ernst geklungen, und wenn Erwachsene ernst klangen, dann bedeutete das meistens, dass eine ganze Menge Spaß auf dem Spiel stand. Vorausgesetzt man gehorchte ihnen.

Giebelstein war von einer Stadtmauer umgeben, die noch aus dem Mittelalter stammte. Im Norden und Süden gab es je ein Tor, von hohen Türmen flankiert, mit Zinnen und Wehrgängen. Vor vielen Jahrhunderten waren hier Wächter mit Lanzen und Schwertern patrouilliert. Heute aber lagen die Zinnen verlassen da. Die hölzernen Treppen, über die einstmals die Krieger auf ihre Posten gestiegen waren, waren entweder abgerissen oder verbarrikadiert worden.

Das Haus, in dem Kyra und Tante Kassandra lebten und in dessen Erdgeschoss sich der Teeladen befand, grenzte gleich an das nördliche Stadttor. Wenn man von Kyras Zimmerfenster aus hinaus aufs Dach kletterte, konnte man eine Schießscharte erreichen, die in einen der Türme des Tors führte. Von unten gab es keinen Zutritt, nur über diesen Geheimweg konnte man in den Turm gelangen.

Kyra hatte erst erwogen, von dort oben Ausschau nach der Frau und ihrem Fliegenden Fisch zu halten, hatte es sich dann aber doch anders überlegt. Die Chancen, sie wieder zu finden, waren draußen auf den Feldern sicherlich größer – zumal sie jetzt zu dritt waren.

»Sollen wir das wirklich tun?«, flüsterte Lisa, als sie unter dem Stadttor hindurchliefen und sich von der Straße in die Wiesen schlugen. »Ich meine, deine Tante hat vielleicht Recht. Was, wenn es wirklich gefährlich ist?«

»Klar ist es gefährlich«, gab Nils zurück. »Das ist doch gerade das Tolle dabei.«

Nils war oft ein wenig übermütig. Manchmal verwechselte er Tapferkeit mit Leichtsinn, etwa als er einmal auf das morsche Wasserrad der Talmühle geklettert war. Das Rad hatte sich plötzlich in Bewegung gesetzt und ihn beinahe unter sich begraben. Kyra und Lisa hatten ihn gerade noch an den Armen aus dem Wasser ziehen können.

Hin und wieder aber war es auch ganz gut, jemanden wie ihn dabei zu haben. In all seiner Unvernunft hatte Nils manchmal Einfälle, auf die kein anderer gekommen wäre. Nicht selten waren die Spiele, die er vorschlug, die spannendsten. Einmal hatten sie auf seine Idee hin versucht, Giebelsteins Leichenbestatter, Herrn Schwarzdorn, als Vampir zu überführen. Aussehen tat er schließlich wie einer. Allerdings hatte er den Eimer mit Schweineblut, den sie vor seine Tür gestellt hatten, nicht angerührt – im Gegenteil, er war am Morgen darüber gestolpert und hatte sich seinen schicken schwarzen Anzug ruiniert. Zwar hatte er die drei Freunde in Verdacht gehabt, aber Beweise hatte er keine vorbringen können.

Es war bereits dunkel, als sich die Freunde dem Bahndamm näherten. Sie hatten den Feldweg, der von der Hauptstraße abzweigte, schon nach wenigen Metern verlassen, waren durch eine Schneise zwischen den Hecken gehuscht und liefen jetzt über die offenen Weiden.

»Sollten wir nicht lieber näher bei den Hecken bleiben?«, schlug Lisa vor. »Die Büsche werfen einen ziemlich dunklen Schatten. Keiner könnte uns dort sehen.«

Sie hatte natürlich Recht. Es war ziemlich leichtsinnig, mitten über die Wiesen zu laufen, wo das Mondlicht sie weithin sichtbar machte. Also schlugen sie sich nach links und folgten dem Verlauf einer Hecke, die fast bis zum Bahndamm führte. Nur auf den letzten Metern mussten sie erneut über offenes Weideland laufen.

»Mist!«, rief Nils plötzlich.

»Was ist?«, fragte Kyra.

»Tretminen.«

»Kuhfladen?« Kyra kicherte schadenfroh. »Hart oder weich?«

Auch Lisa grinste. »Dem Geruch nach hatte die Kuh eben erst zu Abend gegessen.«

Nils grummelte etwas vor sich hin und wischte sich seinen Turnschuh am Gras sauber. Dann schlichen sie lautlos die Böschung hinauf und beobachteten durch das Geäst der Brombeersträucher den Schienenstrang. Zu beiden Seiten war niemand zu sehen. Zögernd verließen sie ihr Versteck und sahen sich um. Von hier oben hatte man sogar im Mondlicht eine gute Aussicht über das Hügelland, bis nach Giebelstein im Süden und zum finsteren Waldrand im Norden. Die Steinkuppel des Hügelgrabs schimmerte in einiger Entfernung wie die Schädeldecke eines Riesen.

»Seht mal, da drüben«, wisperte Lisa plötzlich aufgeregt und wies mit dem Finger in südwestliche Richtung.

Die anderen sahen sofort, was sie meinte.

Einige hundert Meter nördlich des Dorfes lag die Kirche Sankt Abakus. Sie war das einzige Gotteshaus in Giebelstein, und wer die Messe besuchen wollte, musste den Gang durch die Felder in Kauf nehmen. Außerhalb der Stadtmauer zweigte ein schmaler Weg von der Hauptstraße ab, eingefasst von buschigen Hecken, der den steilen Hügel zur Kirche hinaufführte. Sankt Abakus stand einsam und trutzig auf dieser Erhebung, umgeben von den Grabsteinen und Kreuzen des Friedhofs. Gottesacker und Kirche waren von einer Bruchsteinmauer umgeben, die mit grünem Moos bewachsen war. Die Kirche war so alt, dass ihr Glockenturm nicht einmal eine Spitze besaß. Mit seinem überdachten Zinnenkranz sah er eher aus wie der Bergfried einer Burg.

Um diese Zeit waren Friedhof und Kirche normalerweise verlassen. Nur im kleinen Pfarrhaus am Fuß des Hügels brannte hinter einem einzelnen Fenster Licht.

Jetzt aber sahen die Kinder, wie mehrere schlanke Gestalten den Hügel hinaufstiegen – drei Frauen! Sie traten durch das halbrunde Steintor auf den Friedhof. Der Wind wirbelte ihr langes Haar auf, es flatterte wie Rabenschwingen. Die Frauen gingen den Mittelweg des Friedhofs entlang, genau auf das Tor der Kirche zu.

Lisa zeigte zum Nachthimmel. »Da!«, flüsterte sie. »Eine Sternschnuppe!«

Tatsächlich war etwas Glitzerndes über den Himmel gehuscht, ganz in der Nähe des Kirchturms.

Kyra schüttelte finster den Kopf. »Das war keine Sternschnuppe.«

Im selben Moment riss eine der Gestalten mit beiden Händen einen Gegenstand empor – eine offene Handtasche. Das Silberding zuckte erneut durch die Dunkelheit, und jetzt erkannten auch Lisa und Nils, dass es sich dabei auf gar keinen Fall um eine Sternschnuppe handeln konnte. Mit einem Geräusch wie von einer fauchenden Feuerlohe verschwand der schimmernde Punkt in der Handtasche. Das Schnappen, als der Verschluss zuklappte, hallte von der Kirche bis zum Bahndamm herüber. Es klang wie die Kiefer eines Krokodils, die gierig aufeinander krachten.

»Wieso sind die jetzt zu dritt?«, fragte Nils nervös.

Kyra schaute sich wachsam um. »Ich wüsste viel lieber, wie viele von denen es hier noch gibt.«

Lisa bückte sich tiefer hinter die Büsche. »Ich glaube nicht, dass ich das so genau wissen will.«

Sie sahen zu, wie die drei Frauen in der Kirche verschwanden. Mit einem hohlen Geräusch fiel das schwere Doppeltor hinter ihnen ins Schloss. Die Buntglasfenster der Kirche blieben dunkel, auch nach zwei oder drei Minuten.

Nils rieb sich mit beiden Händen den Hals – das tat er oft, wenn er nicht weiterwusste. »Was machen die da drinnen?«

»Was wohl?«, erwiderte Kyra. »Die feiern eine schwarze Messe.«

Lisa schluckte. »Einen Hexensabbat?«

»Irgendwas in der Art, klar.«

»Du meinst wirklich«, fragte Nils zögernd, »das waren *Hexen*?«

»Sahen die für dich etwa aus, als wären sie unterwegs zu einem Kaffeekränzchen?«

»Aber Hexen reiten auf Besen«, warf Lisa ein.

Kyra schüttelte entschieden den Kopf. »Nur im Märchen, du Dummkopf.«

»Und die Handtaschen?«, warf Nils ein. »Und was ist mit den Fliegenden Fischen? Ich hab noch nie gehört, dass Hexen so was mit sich rumtragen.«

Kyra verzog das Gesicht. »Ich auch nicht. Ich hab aber auch vorher noch keine echte Hexe gesehen.«

»Du weißt ja gar nicht, ob die echt sind«, sagte Lisa ein wenig trotzig.

Kyra nickte. »Stimmt. Deshalb werden wir's rausfinden.«

Die Geschwister starrten sie an, als hätte Kyra gerade verkündet, sie wolle ein Pfund Regenwürmer verspeisen.

»Nun guckt nicht so«, sagte sie. »Kommt mit. Wir schauen uns die Sache mal näher an.«

Nils sah sehr unentschlossen drein, obwohl dieser Vorschlag eigentlich auch von ihm hätte stammen können. Vielleicht ärgerte er sich auch nur, dass nicht er als Erster auf diese Idee gekommen war.

»Ich weiß nicht«, meinte Lisa. »Sollen wir das wirklich tun?«

»Willst du denn, dass immer mehr von diesen Frauen hier auftauchen?«, fragte Kyra. »Dann wird bald die ganze Stadt davon wissen. Und eure Eltern sind bestimmt die Ersten, die euch verbieten, noch mal hierher zu gehen. Kein Bahndamm mehr, kein Hügelgrab. Stubenarrest bis an euer Lebensende.«

Freilich war allen klar, dass Kyra übertrieb – Übertreibungen waren eine ihrer Schwächen, auch wenn sie selbst das natürlich nie zugeben würde. Weil Kyra aber sah, dass Lisa noch immer unsicher war, spielte sie ihren letzten Trumpf aus.

»Willst du denn«, fragte sie gedehnt, »dass sich die Erwachsenen darum kümmern müssen?«

Dieses Argument zog immer. Weder Nils noch Lisa würden jemals offen eingestehen, dass es ein paar Dinge gab, mit denen Erwachsene einfach besser fertig wurden als Kinder.

»Natürlich nicht«, gab Lisa empört zurück.

Auch Nils schüttelte erbost den Kopf. »Lieber gebe ich dem alten Schwarzdorn was von meiner Weihnachtsschokolade ab!« Das war nun wirklich undenkbar: Der Besitzer des Bestattungsinstituts galt als erklärter Feind aller Kinder.

»Dann sind wir uns also einig?«, fragte Kyra und sah von einem zum anderen.

Nils und Lisa nickten entschlossen. Neuer Wagemut funkelte in ihren Augen.

Wenig später kletterten sie zwischen Brombeerranken die Böschung hinunter und eilten im Schatten der Hecken zum Kirchhügel. Der Wind war kälter geworden. Die Böen erweckten Sträucher und Wiesen zum Leben, überall war Bewegung, aus allen Richtungen ertönten Rascheln und geisterhaftes Flüstern.

Kyra sah auf die Leuchtziffern ihrer Uhr. Kurz vor halb elf. In anderthalb Stunden war Mitternacht.

Vorsichtig huschten sie an der Rückseite des Hügels empor. Es war wichtig, sich vom Weg und dem Pfarrhaus fern zu halten – das Letzte, was sie jetzt gebrauchen konnten, war, dass der alte Pastor Berg sie vom Fenster seines Arbeitszimmers aus entdeckte. Außerdem hieß es im Dorf, er habe eine neue junge Haushälterin, und die hatte gewiss noch schärfere Augen als er.

Der Friedhof umgab die Kirche als breiter Ring aus Grabmälern, schiefen Kreuzen und unleserlichen Schrifttafeln. Die ältesten Daten, die man entziffern konnte, stammten aus dem siebzehnten Jahrhundert. Dennoch galt es als sicher, dass einige der Grabstätten noch viel älter waren.

Die Kinder erreichten die Friedhofsmauer. Die groben Bruchsteine machten das Klettern leicht und in Windeseile standen die drei auf der anderen Seite. Ihnen allen war kalt.

»Meine Knie zittern«, gestand Lisa im Flüsterton.

»Meine auch«, sagte Kyra. »Das liegt am kalten Wind.«

»Ja, genau«, pflichtete Nils eilig bei. Keiner von ihnen wollte zugeben, dass es vielleicht noch eine andere Ursache geben mochte.

Gebückt schlichen sie zwischen den Gräbern zur Kirche. Ganz in der Nähe flatterte ein schwarzer Vogel vom Boden auf und stieg in den Himmel. Den Kindern stockte der Atem – einen Augenblick lang hatten sie geglaubt, ein Fliegender Fisch habe sie entdeckt.

Steinerne Engel schälten sich um sie herum aus der Finsternis. Manche reckten die gefalteten Hände flehend zum Nachthimmel empor, andere kauerten zusammengesunken auf den Gräbern und sahen aus, als weinten sie. Zahllose Kreuze, manche so groß wie ein ausgewachsener Mann, erinnerten an die Verstorbenen. Es gab viele schlichte Schrifttafeln, aber auch Grüfte mit Säulen und schmiedeeisernen Toren. In manchen Eingängen knisterte es geheimnisvoll, wenn eine Ratte durch die nächtlichen Friedhofsbesucher aus dem Schlaf gerissen wurde.

Noch immer blieben die Spitzbogenfenster der Kirche finster. Was immer die drei Frauen dort drinnen auch anstellten, sie taten es im Dunkeln. Das machte die Aussicht, ihnen zu begegnen, nicht gerade erfreulicher. Auch vor den Fischen – und Kyra war überzeugt, dass *jede* der drei Frauen einen besaß – würden sie sich in der Finsternis noch stärker in Acht nehmen müssen.

Unter einem der Fenster blieben sie stehen. Kyra lauschte.

Täuschte sie sich oder drang aus dem Inneren ein leises Summen ins Freie? Nun, das mochte auch vom Wind stammen, der in den Mauerfugen jammerte. Trotzdem konnte sie sich nicht ganz von der Vorstellung lösen, dass das Summen mit den Frauen zu tun hatte. Nils und Lisa schienen ähnliche Gedanken zu haben. Sogar im Dunkeln konnte Kyra deutlich die Besorgnis auf ihren Gesichtern erkennen.

Zu Kyras und Lisas Überraschung war Nils der Erste, der flüsternd ein Geständnis machte: »Vielleicht war es doch keine gute Idee, hierher zu kommen. Wir haben ja nicht mal was, womit wir uns verteidigen können.«

Kyra verzog den Mund. »Wolltest du deinem Vater die Schrotflinte klauen?«

»Quatsch! Aber zu Hause hab ich eine Steinschleuder. Und ein Taschenmesser.«

»Und was willst du damit anfangen, wenn die Frauen uns erwischen?«, fragte Kyra. »Sie erschießen? Wow, Nils Schwarzenegger!«

»Sehr witzig«, gab er beleidigt zurück.

Kyra ging nicht darauf ein. »Aber möglicherweise hast du Recht. Vielleicht sollten wir nach Hause gehen. Ich kann versuchen, Tante Kassandra auszuhorchen. Sie weiß irgendwas über diese Frauen. Bevor wir weitere Schritte gegen sie unternehmen, wär vielleicht gut, wenn wir mehr über sie erführen.«

»Was denn für weitere Schritte?«, fragte Lisa alarmiert.

Kyra zuckte die Achseln. »Mal sehen.«

»Heißt das, dass wir jetzt abhauen?«, wollte Nils wissen und klang teils erleichtert, teils enttäuscht.

»Nicht abhauen«, verbesserte Kyra kopfschüttelnd. »Nur ein strategischer Rückzug. Um Pläne zu schmieden, sozusagen.«

Es auf diese Weise auszudrücken, besänftigte Nils. In der Schule hatte er gelernt, dass sogar Napoleon manchmal zurückgewichen war, um dann einen Tag später umso vernichtender zuzuschlagen.

»Hört ihr das?«, fragte Kyra plötzlich.

Die Geschwister hielten den Atem an. Stille.

Sogar die Windstöße schienen sekundenlang auszusetzen.

»Was meinst du?«, flüsterte Lisa tonlos.

Kyra hob nur die Hand, das Zeichen für die anderen zu schweigen.

Nils wartete noch einen Augenblick länger, dann schüttelte er den Kopf. »Ich höre gar nix.«

»Eben«, wisperte Kyra.

Lisa begriff. »Das Summen. Es hat aufgehört.«

Tatsächlich herrschte im Inneren von Sankt Abakus jetzt völlige Ruhe.

»Sind die Frauen fort?«, fragte Nils.

»Dann hätten wir das Tor hören müssen«, erwiderte Kyra.

»Ich glaube, ich will jetzt hier weg«, sagte Lisa kleinlaut.

Kyra nickte. »Ist wohl das Beste.«

Geschwind liefen sie zurück zur Mauer, kletterten darüber hinweg und stürmten den Hang hinunter. Allen dreien kam es vor, als würden sie von etwas verfolgt, von einem Wesen, das eiskalt in ihren Nacken atmete. Doch immer wenn einer über die Schulter nach hinten blickte, war da nichts und niemand.

Nur das Gras, das im Nachtwind Wellen schlug.

Nur zitterndes, knackendes Geäst.

Nur das grinsende, fahle Gesicht des Mondes.

Tante Kassandra erzählt

Kyras Zimmer lag unter dem Dach. Im Sommer war es dort immer sehr warm, an manchen Tagen unerträglich heiß; im Winter dagegen schlief sie nachts unter zwei Decken, so kalt war es oft. Tante Kassandra hatte ihr zahllose Male angeboten, eines der Zimmer in der ersten Etage für sie freizuräumen, aber Kyra blieb lieber auf dem Dachboden. Hier hatte sie ein ganzes Stockwerk für sich allein.

Das Gebäude war sehr schmal, ein altes Fachwerkhaus mit weiß getünchten Fassaden und dunkelbraunen Balken. Die Front war nur wenige Meter breit. Dafür besaß das Haus drei Etagen, wenn man Kyras Speicher mitzählte. Überall knarrten und ächzten die alten Holzböden, und manche Türrahmen waren so niedrig, dass ein Erwachsener sich bücken musste, wenn er hindurchgehen wollte.

Bisher hatte Kyra die knirschenden Treppen und Böden immer toll gefunden. Irgendwie klang es spannend, wenn jemand darüber ging und das Knarren der Bohlen sein Näherkommen verriet. Das war ein Geräusch von Abenteuer, fand Kyra, von geheimen Missionen, von Herzklopfen, Gänsehaut und kaltem Schweiß. Natürlich *nicht wirklich* – wer würde schon in einem Haus wohnen wollen, das einem Angst einjagte? –, aber es war ungemein aufregend, sich all das vorzustellen.

Ja, Kyra war immer der Meinung gewesen, dies sei in der Tat ein großartiges Haus.

Bis heute.

Jetzt, da sie sich zum ersten Mal heimlich die Treppe hinaufstahl und lautlos auf ihr Zimmer gehen wollte, fluchte sie im Stillen vor sich hin. Jeder Schritt war deutlich zu hören und Tante Kassandra musste längst aufgewacht sein. Es war nur eine Frage der Zeit, ehe sie ihre Schlafzimmertür aufreißen und Kyras Namen rufen würde.

Aber auch als Kyra den oberen Treppenabsatz erreichte, wurde noch immer keine Tür aufgerissen. Und niemand rief ihren Namen.

Der Grund dafür war einfach: Tante Kassandra erwartete sie bereits.

Als Kyra den Dachboden betrat, blickte ihre Tante von einem merkwürdigen Buch auf, in dem sie bis gerade gelesen hatte. Sie saß im Schneidersitz auf Kyras Bett und trug eines ihrer Nachthemden aus ungefärbtem Leinen; eigentlich unterschied es sich kaum von den Kleidern, die sie tagsüber trug.

Das Buch in ihren Händen war ein großer, schwerer Band, in dunkles Leder gebunden und mit Seiten, so gelb wie Butterblumen. Sie klappte es zu, als Kyra eintrat, und legte es beiseite. Die Matratze bekam dort, wo es lag, eine ziemliche Delle, so schwer war es.

Kyra seufzte. »Ja, gut, ich gestehe alles«, sagte sie und hob die Hände wie ein Juwelendieb, der auf frischer Tat ertappt worden ist. »Ich bekenne mich schuldig in allen Punkten der Anklage.« Den Satz hatte sie im Fernsehen gehört und er brachte Tante Kassandra zum Lächeln. Immerhin.

»Komm mal her«, sagte ihre Tante. »Setz dich zu mir.«

Kyra folgte der Aufforderung, ohne zu zögern. Tante Kassandra würde sie nicht anbrüllen, das hatte sie noch nie getan. Und irgendwie wirkte sie auch viel eher traurig als wütend.

Kyra musste nicht lange überlegen, was sie sagen würde. Sie blieb bei der Wahrheit.

»Es sind drei«, sagte sie. »Mindestens. Wir haben sie vor der Kirche gesehen. Sie sind hineingegangen.«

Tante Kassandra nickte sorgenvoll. »Das habe ich befürchtet.«

»Warum sagst du mir nicht, wer die Frauen sind?«

»Ich kenne dich, Kyra. Selbst wenn ich dir alles erzählen würde – alles Schreckliche, alles, was sogar mir die Beine flau werden lässt –, würde es dich nicht davon abhalten, weiter dort draußen herumzulaufen. Es steckt zu viel von deiner Mutter in dir. Deine Neugier hast du von ihr geerbt. Und ich fürchte, auch die Unerschrockenheit.«

Unerschrocken? Nein, so fühlte Kyra sich wahrhaftig nicht. Vielleicht hatte sie es heute Abend nicht so deutlich gezeigt, aber auch sie hatte auf dem dunklen Friedhof furchtbare Angst gehabt. Möglicherweise war sie nur geschickter als andere, ihre Furcht zu verbergen.

»Ich hab mich vorhin ganz schön gefürchtet«, gestand sie.

»Mit gutem Recht«, entgegnete ihre Tante. »Wer sich überhaupt nicht fürchtet, der macht Fehler. Fehler, durch die er vielleicht sein Leben aufs Spiel setzt. Eine gehörige Portion Angst bewahrt einen vor Missgeschicken. Aber mit ›unerschrocken‹ meinte ich etwas anderes. Irgendwann, vielleicht wenn du groß bist, wirst du das verstehen.«

»Verrätst du mir nun, was es mit diesen Frauen auf sich hat?« Kyra streckte eine Hand aus und strich ehrfürchtig mit den Fingern über den Ledereinband des Buches. Er war so rau und hart wie Baumrinde. »Sie sind Hexen, oder?«

Tante Kassandra nickte. »So was in der Art. Ja, man könnte sie wohl Hexen nennen, auch wenn sie selbst das vielleicht nicht gerne hören.«

»Was wollen sie hier bei uns?«

Tante Kassandra seufzte. »Giebelstein ist ein sehr alter Ort, beinahe zweitausend Jahre alt. Hier lebten schon Menschen, als die Römer ihre Straßen durch die Wälder schlugen und ihre Schwerter mit denen der Germanen kreuzten. Vieles ist hier geschehen, viel Unrecht, und großes Leid ist auf diesem Boden angerichtet worden. Hast du schon einmal von der Hexenverfolgung gehört? Damals, vor vielen hundert Jahren?«

»Als jeder, der einen anderen nicht leiden konnte, zum Pfarrer gehen und den anderen als Hexe oder Zauberer anzeigen konnte?«

»Genau. Die Kirche ließ diese unglücklichen Menschen foltern, bis sie alles gestanden, und dann wurden sie auf Scheiterhaufen zu Asche verbrannt. Solche Verbrechen sind überall in Europa begangen worden, aber hier in Giebelstein waren die Hexenjäger besonders grausam. Hier bei uns hat es schon immer Menschen gegeben, die von sich behaupteten, gewisse Fähigkeiten zu besitzen – Naturheiler, Kräuterfrauen und so weiter.«

»So wie du?«

Tante Kassandra lächelte. »Mich hätte man bestimmt als eine der Ersten auf den Scheiterhaufen gestellt.«

Kyra grinste. »Wenn sie deinen Tee probiert hätten, ganz sicher.«

Tante Kassandra packte Kyras Nasenspitze und zog daran, bis das Mädchen vergnügt aufquietschte. Dann erzählte sie weiter.

»Aber du musst wissen, hier in Giebelstein gab es auch wirkliche Hexen. Böse Hexen. Verschlagene Weiber, die sich einen Spaß daraus machten, anderen Schaden zuzufügen, sie zu quälen und sich ihren Besitz anzueignen. Sie verkauften die Seelen Unschuldiger an den Teufel und erhielten dafür Reichtümer, ewiges Leben oder was immer sonst sie sich wünschten. Tja, man muss wohl sagen, Giebelstein war in der Tat eine Hochburg der schwarzen Magie, der Satansanbetung und der Menschenopfer. Diese Kreaturen trafen sich draußen in den Wäldern – die waren damals noch viel tiefer und dunkler als heute – und dort feierten sie in der Walpurgisnacht ihren Hexensabbat. Das waren schlimme Zeiten damals. Grausame Zeiten.«

Tante Kassandra holte tief Luft, dann fuhr sie fort: »Schließlich erfuhr auch der Papst davon. Und er schickte den gefährlichsten und schrecklichsten aller Hexenjäger nach Giebelstein. Einen Mann namens Abakus.«

»Wie unsere Kirche?«, fragte Kyra erstaunt.

»Sie wurde nach ihm benannt. Aber warte, dazu komme ich später. Dieser Abakus war ursprünglich Mönch in einem Kloster gewesen, irgendwo weit entfernt von hier – bis ihn der Papst zum Inquisitor berief.«

»Inqui… was?«

»Inquisitor. So nannte man die Hexenjäger. Fortan zog Abakus durchs Land und hielt in jedem Dorf und in jeder Stadt, durch die er kam, Gericht über Menschen, die von anderen der Hexerei angeklagt worden waren. Bei Abakus gab es keine Freisprüche oder Gnade. Er folterte die Unschuldigen, bis sie aus lauter Verzweiflung Lügen erzählten und alles gestanden. Dann ließ er sie bei lebendigem Leibe verbrennen.«

»So ein Scheusal.«

»Das kannst du laut sagen! Abakus war das Schlimmste aller Scheusale, schlimmer als jeder Räuberhauptmann oder Piratenkapitän. Für Abakus ist das Wort ›Scheusal‹ erst erfunden worden, könnte man sagen.«

»Und dieses Riesenscheusal kam nach Giebelstein?«

Tante Kassandra nickte. »Ganz genau so war es.« Sie senkte geheimnisvoll die Stimme. »Aber weißt du, warum Abakus wirklich der Furchtbarste unter den Hexenjägern war?«

»Warum?«

»Weil er in Wahrheit selbst einen Pakt mit dem Teufel geschlossen hatte. Jawohl, Abakus war selbst ein Hexenmeister – aber das hat man natürlich erst ein paar hundert Jahre später herausgefunden. Und selbst heute glaubt noch nicht jeder daran. Die Wahrheit aber ist: Abakus tarnte sich nur als Inquisitor im Auftrag der Kirche. In Wahrheit war er der oberste Herr eines Geheimbundes von Hexen in der ganzen Welt! Abakus war der Herr des Arkanums!«

»Was ist das … ein Arkanum?«

»Das Arkanum – so nennt sich die geheime Vereinigung der Hexen, damals genauso wie heute. Die drei Frauen, die ihr gesehen habt … auch sie gehören zum Arkanum.«

»Dieser Abakus war also in Wirklichkeit der *Anführer* aller Hexen?«

»Allerdings. Und deshalb stellte er tausende von unschuldigen Männern und Frauen auf den Scheiterhaufen, um so die Schandtaten der wahren Hexen und Hexenmeister zu vertuschen. Genauso machte er es auch hier bei uns in Giebelstein. Alle, die sich verdächtig gemacht hatten, in Wahrheit aber gar keine Hexen waren, wurden hingerichtet – die echten

Teufelsdiener aber, jene, die in den Wäldern Menschen opferten und andere Verbrechen begingen, kamen ungeschoren davon.«

»Und das hat damals keiner herausgefunden?«

Tante Kassandra zog eine Grimasse. »Wie denn? Jeder, der sich gegen Abakus stellte oder auch nur ein einziges Widerwort wagte, wurde selbst der Hexerei bezichtigt. Es gab nicht viele, die das versucht haben – und keinen, der es überlebte. Ganz im Gegenteil: Zum Dank für seine Verdienste wurde Abakus nach seinem Tod vom Papst heilig gesprochen und man erbaute für ihn hier in Giebelstein eine Kirche. Und nun darfst du raten, was sich wohl unter dieser Kirche befindet?«

Kyra überlegte und dann wurde ihr plötzlich ganz schlecht. »Etwa Abakus' *Grab*?«

»So ist es! Abakus wurde in einer Gruft unter der Giebelsteiner Kirche beigesetzt und dort steht sein Sarkophag auch heute noch.«

Kyra verschlug es einen Moment lang die Sprache. »Tante Kassandra?«, fragte sie schließlich. »Wie mächtig sind die Hexen des Arkanums? Glaubst du, sie könnten –«

»Einen Toten wieder auferstehen lassen?«, führte ihre Tante die Frage zu Ende. »Ja, mein Kind, ich fürchte, sie könnten es versuchen.«

Kyras Gesicht war so bleich geworden wie frisch geschlagene Sahne. »Dann sind die Hexen also hier, um Abakus wieder zum Leben zu erwecken!«

Tante Kassandra legte ihre Arme um Kyra und

drückte sie an sich. »Verstehst du jetzt, warum ich solche Angst um euch habe?«

Kyra holte tief Luft. »Mann-o-Mann, das ist eine ziemlich verflixte Angelegenheit, was?« Sie löste sich vorsichtig von ihrer Tante und zeigte auf das Buch, das neben ihr auf dem Bett lag. »Was ist damit? Ist das so was wie ein Zauberbuch?«

Tante Kassandra lächelte. »Nicht ganz.« Sie hob das Buch auf Kyras Schoß. Die Kanten waren so lang wie ihre Unterarme und es war mindestens so dick wie Kyras Oberschenkel.

»Dieses Buch«, sagte Tante Kassandra, »ist ein Verzeichnis aller Hexen, die dem Arkanum angehören. Hier drin stehen die Namen aller Mitglieder, außerdem die Länder, in denen sie leben.« Sie schlug das Buch auf einer der ersten Seiten auf. Die Schrift war winzig klein und auf jeder Seite mussten mindestens hundert Namen stehen!

»Wie viele Seiten hat das Buch?«, fragte Kyra stockend. »Ein paar hundert?«

»Fast zweitausend.«

Aber das machte ja mindestens zweihunderttausend Hexen in der ganzen Welt!

Tante Kassandra seufzte, so als hätte sie Kyras Gedanken gelesen. »Hier drin stehen nur alle Hexen Europas. Jene, die in Afrika leben, sind nicht erfasst, auch nicht die in Asien und Amerika und Australien. Insgesamt hat das Arkanum heutzutage bestimmt mehr als eine Million Mitglieder. Alles Hexen. Alle gemeingefährlich und durch und durch verdorben.«

»Woher hast du das Buch?«, fragte Kyra.

Tante Kassandra zögerte. »Sagen wir, ich hab's geerbt.«

»Geerbt?«

»Irgendwann werde ich dir alles erzählen. Aber nicht jetzt. Für heute hattest du wohl genug Aufregung, oder?« Sie legte das Buch auf den Boden neben dem Bett. »Versuch jetzt zu schlafen. Morgen ist zwar Sonntag, aber wie ich dich kenne, wirst du früh aufstehen wollen.«

»Tante Kassandra?«, fragte Kyra, als ihre Tante schon an der Tür stand.

»Ja?«

»Hilft das Buch einem irgendwie gegen die Hexen?«

Ihre Tante legte den Kopf schräg, als überlegte sie, wie viel sie Kyra verraten sollte. »Wer den Namen einer Hexe kennt, der hat Macht über sie. Das war schon immer so. Aber wie willst du herausfinden, welche von den zweihunderttausend jene drei sind, die nach Giebelstein gekommen sind? Nein, Kyra, ich fürchte, das ist hoffnungslos.« Sie trat ins Treppenhaus, rief »Gute Nacht« und zog die Tür zu.

Kyra ließ sich zurück aufs Bett fallen. Sie dachte über das nach, was ihre Tante erzählt hatte. Neue, fantastische Dinge. Beängstigende Dinge.

Sie beugte sich über die Bettkante und hob mit beiden Armen das Buch vom Boden. Es war so schwer, als hätte ein Bildhauer den Umschlag aus Stein gemeißelt.

Kyra legte es vor sich auf die Decke und schlug es auf. Alle Seiten schienen gleichermaßen eng beschrieben zu sein. Im fahlen Mondlicht, das durch eines der Dachfenster auf ihr Bett fiel, sah es aus, als bewegten sich die Buchstaben über das vergilbte Papier wie Leichenkäfer auf den Gebeinen eines Toten.

Die Namen waren nicht alphabetisch angeordnet. Vielmehr hatte man sie nach dem Zeitpunkt des Beitritts zur Hexengemeinschaft eingetragen. Hinter jedem Namen stand eine lateinische Jahreszahl, und Kyra musste erst nachdenken, ehe sie die Buchstaben in arabische Zahlen umsetzen konnte. Demnach stammte der früheste Eintrag aus dem Jahre 999 nach Christus.

Kyra wollte die hinterste Seite aufschlagen, um nachzusehen, wann das jüngste Mitglied beigetreten war. Dabei stellte sie enttäuscht fest, dass die letzten Seiten aufeinander klebten. Etwa hundert oder zweihundert Blätter waren fest zusammengeheftet. Die oberste dieser Seiten war nicht wie alle vorhergehenden mit engen Namenkolonnen beschriftet – stattdessen standen nur sechs Worte darauf, in einer fremden Sprache, wahrscheinlich Latein:

Mater Tenebrarum
Mater Suspiriorum
Mater Lacrimarum

Kyra hatte keine Ahnung, was diese Namen bedeuteten – falls es überhaupt Namen waren. Gedankenverloren fuhr sie mit dem Finger über das fleckige Papier. Verwundert stellte sie fest, dass sich das Blatt nach innen durchdrücken ließ, so als gäbe es darunter keinen Widerstand.

Da begriff sie.

Die zusammengeklebten Seiten bildeten ein Geheimfach!

Von außen sah es aus wie gewöhnliche Buchseiten, aber tatsächlich waren nur die Ränder aus Papier. In der Mitte klaffte eine Höhlung, die durch das obere Blatt mit den lateinischen Worten versiegelt war.

Seltsam, dass Tante Kassandra das nicht bemerkt hatte. Und wenn doch, warum hatte sie dann das Blatt nicht zerrissen und nachgesehen, was sich in dem Geheimfach befand?

Kyra überlegte nur wenige Augenblicke. Dann holte sie aus und stach mit dem Zeigefinger durch das Papier.

Zumindest versuchte sie es.

Zu ihrem grenzenlosen Erstaunen beulte sich das vergilbte Papier nur ein, fast so als wäre es aus Gummi, wurde aber von ihrem Fingernagel nicht einmal angeritzt.

Kyra versuchte es noch einmal. Wieder erfolglos.

So ein Mist! Das durfte doch nicht wahr sein! Sie wollte es mit drei Hexen aufnehmen und konnte nicht einmal ein läppisches Blatt Papier zerreißen?

Dann aber dämmerte ihr, dass die Buchseite vielleicht gar nicht aus gewöhnlichem Papier bestand.

Was, wenn Magie im Spiel war? Immerhin war es ein Hexenbuch, noch dazu eines, das offenbar dem größten Hexenbund aller Zeiten gehört hatte. Kein Wunder, dass ein einfaches Mädchen wie sie an seinen Rätseln scheitern musste.

Kyra sprang vom Bett und holte von ihrem Schreibtisch eine Schere. Eigentlich war es nur ein lahmer Versuch, und sie ahnte bereits, wie er ausgehen würde.

Das Papier hielt auch den Stahlspitzen der Schere stand. Kein Kratzer, kein noch so kleines Loch.

Nun gut, dann eben nicht! Wütend schlug sie das Buch zu und legte es zurück auf den Boden. Sie würde morgen früh Tante Kassandra fragen, was es mit dem Geheimfach auf sich hatte. Kyra würde eine Antwort verlangen – wenn es sein musste, würde sie die Luft anhalten, bis ihr Gesicht grün und blau und violett wurde …

Sie wollte endlich die ganze Wahrheit erfahren.

Chrysostomus Guldenmund

Als Kyra am Morgen aufstand, war Tante Kassandra verschwunden. Sie war nicht in ihrem Schlafzimmer, nicht in der Küche und auch nicht in dem Raum, in dem sie all ihre Bücher aufbewahrte. Das Hinterzimmer des Geschäfts – Kyra nannte es immer nur das Laboratorium – war verlassen und die Ladentür von innen verriegelt.

Normalerweise, wenn Tante Kassandra fortging, ohne Kyra Bescheid sagen zu können, hängte sie einen Zettel an die Magnetpinnwand in der Küche. Aber auch dort gab es keinen Hinweis.

Am erstaunlichsten von allem war, dass Tante Kassandras Schlüsselbund auf dem Kleiderhaufen im Schlafzimmer lag. Sie konnte das Haus also gar nicht verlassen haben, sonst wäre die Ladentür nicht verschlossen gewesen. Und auch die Hintertür war zu, der Schlüssel steckte auf der Innenseite.

Entweder sie war durch eines der Fenster gestiegen – was in Anbetracht der Tatsache, dass Tante Kassandra eine Erwachsene war, doch eher unwahrscheinlich zu sein schien –, oder aber sie hatte sich einfach in Luft aufgelöst.

Kyra schauderte. Seit gestern Abend hatten solche Gedanken für sie eine ganz neue Bedeutung bekommen. *Hexen* lösten andere Menschen in Luft auf. Ja, Hexen konnten so etwas ganz bestimmt!

Noch einmal streifte sie durchs ganze Haus, blickte in jede Ecke, unter jedes Bett, in jeden Schrank. Vergeblich. Keine Spur von Tante Kassandra. Nirgendwo eine handgeschriebene Nachricht.

Kyras Bauch hatte sich zu einem Eisklumpen zusammengezogen. Ihr war übel, und sie hatte das Gefühl, sich übergeben zu müssen.

Sie schloss die Ladentür auf, trat nach draußen und sperrte hinter sich wieder ab. Eine Menge Leute kamen durchs Stadttor herein und gingen die Hauptstraße hinunter. Wahrscheinlich kamen sie von der Sonntagsmesse in Sankt Abakus.

Kyra blickte auf ihre Uhr. Erst halb elf. Die Messe hätte eigentlich eben erst anfangen müssen.

Sie lief hinüber zur anderen Straßenseite, wo Herr Mohr gerade seinen Buchladen aufschloss, um ins Haus zu gehen. Auch er trug seinen dunklen Sonntagsanzug.

»Ist die Messe etwa schon vorbei?«, fragte Kyra. Um ehrlich zu sein, kannte sie sich mit derlei Dingen nicht besonders gut aus. Sie und Tante Kassandra gingen nie zur Kirche.

»Ausgefallen«, erwiderte Herr Mohr knapp. Er war sehr alt, weit über siebzig, und er sprach niemals mehr als nötig. »Der Pastor ist krank.«

»Was hat er denn?«, fragte Kyra und wunderte sich, wie heiser sie mit einem Mal klang.

»Starke Grippe. Seine neue Haushälterin hat einen Zettel an die Kirchentür gehängt.«

»Und wie geht es ihm?«

»Ein paar Frauen wollten zu ihm, aber die Haushälterin hat keinen reingelassen. Er schläft, sagt sie.«

»Du liebe Güte«, murmelte Kyra, der ein schlimmer Verdacht kam.

Herr Mohr nickte ihr zu und verschwand in seinem Buchladen. Als die Tür zuschlug, wehte mit einer Staubwolke der Geruch von Buchbinderleim und altem Papier ins Freie.

Kyra hätte sich am liebsten die Haare gerauft. Das durfte doch alles nicht wahr sein!

Erst verschwand Tante Kassandra, vielleicht in eine Ratte verwandelt, die gerade im Brotkasten saß und frühstückte ... oder in eine Spinne, die sich zu ihren Artgenossen unter dem Kühlschrank gesellt hatte. Und dann blieb sonntags auch noch die Kirche geschlossen! Unter den religiösen Bewohnern Giebelsteins würde das für einige Aufregung sorgen.

Kyra bezweifelte nicht, dass die neue Haushälterin des Pastors eine der drei Hexen war. Kein Wunder: Eine Horde singender und betender Menschen, die das Hexentreiben in der Kirche störte, stand dem Arkanum natürlich im Weg. Vor allem wenn es darum ging, den grausamen Abakus persönlich zurück ins Leben zu rufen.

Warum nur musste auch alles so kompliziert sein? Wären die Hexen keine Hexen, sondern Vampire, ja dann hätte man einfach einen spitzen Pflock und ein Kreuz nehmen können, und schon wäre der Spuk vorbei. Oder Werwölfe ... ein paar Silberkugeln und – *peng!* – hätte der Ärger ein Ende.

Aber Hexen? Was, zum Teufel, unternahm man gegen Hexen?

Nun, das Erste war wahrscheinlich, dass man beim Fluchen nicht mehr »zum Teufel« sagte. Wer wusste schon, was das unter diesen Umständen für Folgen haben konnte.

Weil ihr nichts Besseres einfiel, beschloss Kyra, durchs Dorf zu laufen und nachzusehen, ob sie Tante Kassandra nicht doch noch irgendwo entdeckte. Dann würde sie zu Nils und Lisa gehen und mit ihnen einen Plan aushecken. Ja, das wäre wohl das Beste.

Mit schnellen Schritten eilte sie in südlicher Richtung die Hauptstraße hinunter. Die Fachwerkhäuser Giebelsteins schienen sich über die Straße zu beugen, so als tuschelten sie lautlos miteinander. Der Wind wehte ein Papierknäuel über das Pflaster. Ansonsten bewegte sich nichts. Die enttäuschten Kirchgänger waren bereits in ihren Häusern verschwunden. Kyra war ganz allein.

Das Hotel Erkerhof, in dem Nils und Lisa mit ihren Eltern lebten, befand sich außerhalb der Ortschaft. Weil es so groß und düster war, nannten die Kinder es immer nur Kerkerhof. Man musste Giebelstein durch das Südtor verlassen, ein Stück der Straße folgen und dann nach rechts in einen asphaltierten Seitenweg einbiegen. Das Hotel thronte abgelegen am Fuß der südlichen Hügel. Gleich dahinter wellte sich finsteres Waldland.

Doch so weit kam Kyra nicht. Noch bevor sie die Stadt verlassen konnte, bemerkte sie etwas Sonderbares.

Auf dem Dach eines Fachwerkhauses, kurz vor dem Ortsausgang, saß ein Junge und angelte.

Kyra blieb stehen und traute ihren Augen kaum. Der Junge hatte schwarzes Haar und trug schwarze Kleidung, so als käme er gerade von einer Beerdigung. Allerdings wirkte er nicht traurig. Ganz im Gegenteil: Er lächelte ihr sogar zu, als er sie bemerkte.

Der Junge saß breitbeinig am Rande des Dachfirstes, ein Bein auf dieser Seite des Hauses, eines auf der anderen. Er saß gleich am vorderen Giebel und hielt mit beiden Händen eine lange Angelrute. Die Angelsehne reichte hinab bis in den ersten Stock, der Haken baumelte vor einem kleinen, offenen Fenster.

Kyra fand, dass der Junge ziemlich leichtsinnig war, so nah am Abgrund zu sitzen, ohne sich festzuhalten. Ein kräftiger Windstoß mochte ihn leicht in die Tiefe befördern. Zwischen dem Dachgiebel, auf dem der Junge saß, und dem Straßenpflaster lagen gut und gern zwölf Meter. Das reichte aus, um sich jeden Knochen zweimal zu brechen.

»He, du!«, rief Kyra zu ihm hinauf. »Was tust du denn da?«

»Ich bin beim Angeln. Das sieht man doch, oder?«

»Und, hast du schon was gefangen?«

»Noch nicht«, rief er zurück. »Heute beißen sie nicht so gut an.«

»Was wolltest du denn eigentlich fangen?«

Der Junge grinste breit. »Fische. *Fliegende* Fische.«

Kyra wurde heiß und kalt zugleich. Hatte er wirklich »Fliegende Fische« gesagt?

»Wie kommst du darauf, dass es hier welche geben könnte?«, rief sie nach oben.

»Weil ich sie gesehen habe.«

Natürlich! Warum auch sollten Kyra, Nils und Lisa die Einzigen sein, denen die scheußlichen Kreaturen aufgefallen waren? Gut möglich, dass auch andere sie beobachtet hatten.

Allerdings erklärte das noch nicht, warum der Junge versuchte, einen davon zu fangen. Zumal auf so sonderbare Art und Weise.

»Ich kenn dich nicht«, sagte Kyra argwöhnisch. »Bist du neu hier?«

»Wir sind erst vor zwei Tagen eingezogen. Wie heißt du?«

»Kyra. Und du?«

»Chrysostomus Guldenmund.«

»Wie bitte?«

Der Junge lachte. »Chris.«

»Aber das hast du nicht gesagt.«

»Nein, ich hab Chrysostomus Guldenmund gesagt. Aber meine Freunde dürfen mich Chris nennen.«

»Wer behauptet, dass ich deine Freundin bin?«

»Keiner. Aber ich glaub, ich find dich nett.« Er zögerte einen Moment, dann fügte er hinzu: »Magst du hochkommen? Ich hab unten im Haus noch eine zweite Angel.«

Insgeheim musste Kyra sich eingestehen, dass sie

sehr wohl Lust hatte, den merkwürdigen Jungen dort oben auf dem Dach besser kennen zu lernen. Wenigstens gut genug, um entscheiden zu können, ob sie ihn leiden konnte oder nicht. Aber natürlich hatte sie dazu im Augenblick keine Zeit.

Sie schüttelte trotzig den Kopf und versuchte, dabei sehr erwachsen auszusehen. »Ich suche mir meine Freunde lieber selbst aus.«

»Dann gib mir 'ne Chance«, entgegnete er. »Warte, ich komm runter.«

Und damit kletterte er wie ein Eichhörnchen in Windeseile am Dachfirst entlang und verschwand samt seiner Angel in einer Luke.

Keine zwei Minuten später trat er aus der Haustür auf die Straße. Ohne Angel.

Er war ein hübscher Kerl, und wäre Kyra nicht so beschäftigt gewesen, sich zu überlegen, was ihr alles *nicht* gefiel an ihm, hätte sie das vielleicht sogar bemerkt.

»Was ist das für 'n komischer Name, den deine Eltern dir gegeben haben?«, fragte sie kratzbürstig, damit er gar nicht erst auf die Idee kam, sie freunde sich mit jedermann an.

»Chrysostomus. Das ist griechisch und heißt ›goldener Mund‹. Und weil ich mit Nachnamen Guldenmund heiße, fanden meine Eltern das passend. Sie haben damals gerade in Athen gelebt, weißt du?«

»Ist dein Vater Gyroskoch oder so was?«

Chris lachte. »Nein, Diplomat. Wir haben schon überall auf der Welt gelebt.«

Kyra horchte auf und versuchte, nicht zu zeigen, wie fasziniert sie war. »Sprichst du fremde Sprachen?«

Er nickte. »Englisch, Französisch, Spanisch und ein bisschen Italienisch. Mein Griechisch ist nicht ganz so toll.«

»Und wie alt bist du?«

»Zwölf«, sagte er.

»Hm«, machte Kyra ein wenig unschlüssig. »Und du behauptest also, du hast Fliegende Fische gesehen, ja? Hier in Giebelstein?«

»Klar. Mindestens zwei.«

»Wann war das?«

»Heute Morgen, bei Tagesanbruch. Ich war früh wach und mein Fenster liegt zur Straße raus. Als ich die Augen aufschlug, flogen sie gerade an der Scheibe vorbei.«

Kyra fror plötzlich. Mindestens zwei der Hexen waren also heute Morgen in der Stadt gewesen. Hatten sie Tante Kassandra aufgesucht, als Kyra noch schlief?

»Komm«, sagte Chris und deutete zur Haustür. »Ich zeig dir, wie ich sie fangen will.«

»Ich hab keine Zeit«, gab sie zurück.

»Ach, nun komm schon. Es geht ganz schnell.«

Kyra folgte ihm, teils widerwillig, teils fasziniert. Dieser Chris war ein komischer Kerl. Aber nicht unnett. Nein, wirklich nicht.

Sie lief mit ihm durchs Haus, ohne seinen Eltern zu begegnen. Die Einrichtung sah ziemlich teuer aus, Antiquitäten aus aller Welt. Man spürte förmlich, dass die Besitzer weit herumgekommen waren.

Chris führte sie in das Zimmer, vor dessen offenem Fenster er geangelt hatte. Im Fensterbrett stand ein Blecheimer, dahinter surrte auf einem Tisch ein Ventilator.

»Schau mal in den Eimer«, forderte er sie grinsend auf.

Kyra riskierte einen Blick. Aber wenn Chris gehofft hatte, sie würde vor Ekel tot umfallen, so hatte er sich getäuscht.

Der Eimer war voller Würmer. Regenwürmer, Mehlwürmer und Maden. Das Ganze sah ein wenig aus wie eine Portion Spagetti, die zu lange im Regen gestanden hatte. Und so ähnlich roch es auch. Der Ventilator blies den Geruch durch das Fenster nach draußen.

»Damit wolltest du die Fliegenden Fische ködern?«, fragte Kyra zweifelnd. »Mit dem Gestank von Würmern?« Bisher hatte sie gar nicht gewusst, dass Würmer überhaupt nach irgendetwas rochen. Ein einzelner Regenwurm duftete immer nur nach frischer Erde.

»Den Versuch war's immerhin wert«, meinte Chris und wirkte ein wenig enttäuscht, dass sie nicht vor Entsetzen durchs Zimmer hüpfte.

»Na ja, dann viel Glück«, sagte Kyra.

»Wo gehst du hin?«

»Freunde besuchen.«

»Darf ich mitkommen?«

Sie schüttelte den Kopf. Nils, Lisa und sie selbst waren eine eingeschworene Gemeinschaft. Dieser Chris schien zwar ganz in Ordnung zu sein, ihn aber deshalb gleich den anderen vorzustellen, schien ihr ein wenig übertrieben.

»Ein andermal«, antwortete sie und lief die Treppe hinunter.

Chris folgte ihr bis zur Haustür. »Ich kenne hier noch niemanden. Du bist die Erste.«

Kyra lächelte. »Hätte schlimmer kommen können, oder?«

»Du bist ganz schön eingebildet.«

»Und du ganz schön verrückt. Fliegende Fische angeln …« Damit drehte sie sich um und lief zum südlichen Stadttor. Nach ein paar Schritten drehte sie sich noch mal um und rief über die Schulter: »Bis bald!«

Chris winkte ihr zu, dann verschwand er im Haus.

Während Kyra das Dorf verließ und die Pappelallee hinauf zum Kerkerhof lief, überlegte sie, warum sie Chris nicht einfach die Wahrheit gesagt hatte. Hexen waren im Dorf. Hexen mit Fliegenden Fischen. Ja, sie hätte ihn warnen müssen, sich nicht mit diesen Miststücken anzulegen.

Aber aus irgendeinem Grund hatte sie gezögert.

Chris war ein *Junge*, das war's. Klar, Nils war auch einer, aber ihn kannte sie schon, seit sie zusammen im Kindergarten gewesen waren.

Chris war anders.

Und irgendwie brachte sie das ganz schön ins Schwitzen.

Angriff!

Bald darauf liefen die drei Freunde zur Kirche. Nils hatte vorgeschlagen, einfach am Pfarrhaus zu klingeln und so zu tun, als würden sie mit dem Pastor sprechen wollen. Dabei würden sie schon sehen, ob Kyras Verdacht richtig war und die neue Haushälterin tatsächlich zu den Hexen gehörte.

Kyra fand jedoch, dies sei nicht nötig – außerdem war es viel zu gefährlich. Einer Hexe des Arkanums von Angesicht zu Angesicht gegenüberzutreten, war gewiss das Dümmste, was sie in ihrer Lage tun konnten.

»Was, wenn sie uns auf der Stelle in Kröten verwandelt?«, fragte sie. »Oder in Würmer?« (Der Eimer in Chris' Haus ging ihr nicht aus dem Kopf, und, wenn sie ganz ehrlich war, Chris selbst ebenso wenig.)

Lisa schüttelte sich. »Würmer find ich eklig.«

»Ein Grund mehr, nicht selbst einer zu werden«, bemerkte Kyra trocken.

Auch Nils sah das ein.

So pirschten sie erneut an der Rückseite des Kirchhügels empor und näherten sich Sankt Abakus von hinten. Der Himmel war wolkenverhangen, schwarze Krähen kreisten um die Zinnen des Glockenturms. Keine Spur von Fliegenden Fischen.

»Vielleicht werden sie bei Tageslicht zu Staub«, überlegte Lisa laut. »Genau wie Vampire.«

»Chris hat gesagt, er hätte die Fische heute Morgen im Dorf gesehen«, widersprach Kyra. »Da war es schon hell.«

Nils musterte sie mürrisch. »Was, wenn er gelogen hat? Wir kennen ihn doch gar nicht. Vielleicht ist seine Mutter eine von *denen* …«

Kyra schüttelte den Kopf. »Chris' Mutter eine Hexe? Nein, ich glaube nicht, dass Hexen Kinder kriegen können.«

Das war freilich nur eine Vermutung und irgendwie glaubte sie selbst nicht recht daran.

Die drei blieben unter einem der Spitzbogenfenster stehen und horchten. Diesmal hörten sie kein Summen. Im Inneren der Kirche herrschte absolute Stille.

»Gut«, stellte Kyra entschlossen fest. »Wir gehen rein.«

Schleichend näherten sie sich dem Eingang, drängten sich dabei ganz eng an der kalten Mauer entlang. Nils ging als Letzter. Er hatte die Aufgabe, darauf zu achten, dass sich ihnen niemand von hinten näherte. Kyra hatte die Führung übernommen, während Lisa in der Mitte lief und argwöhnisch nach Angreifern von oben Ausschau hielt.

Unbehelligt erreichten sie die Tür. Die hohen Doppelflügel waren aus Eichenholz, das sich im Laufe der Jahrhunderte schwarz gefärbt hatte. Um den Eingang zu öffnen, musste man einen schweren Eisenring drehen.

Kyra schaute sich noch einmal um. Der Friedhof

war nach wie vor menschenleer. Nur eine Krähe hatte sich auf einem nahen Obelisken niedergelassen und musterte sie mit schräg gelegtem Kopf. Die dunklen Augen des Vogels glitzerten.

Während Kyra sich noch umsah, griff Nils schon nach dem Eisenring. Als er ihn bewegte, ertönte ein lautes Quietschen, das im Inneren der Kirche widerhallte.

»Mist!«, fluchte Nils, und sofort rannten die drei los. In Panik sprangen sie hinter die nächsten Grabsteine und versteckten sich. Die Krähe flatterte mit einem empörten Kreischen auf und schoss zum Turm empor.

Unter Schweißausbrüchen und mit pochendem Herzschlag erwarteten die Freunde, dass jemand von innen die Tür aufriss. Mit glühenden Augen ins Freie blickte. Die Zähne fletschte. Magische Bannsprüche murmelte. Sie alle in Schleimmolche verwandelte.

Aber in der Kirche blieb es ruhig. Vielleicht waren die Hexen gerade unterwegs.

Oder sie erwarteten die Kinder. Ja, das war, verflucht noch mal, gut möglich.

»Ich hab 'ne Gänsehaut«, murmelte Nils.

»Und mir ist todschlecht«, gestand Kyra. »Wir müssen trotzdem rein. Wenn meine Tante wirklich da drinnen ist, muss ich ihr helfen.«

Lisa tätschelte tröstend Kyras Unterarm. »Wir schaffen das schon«, sagte sie, aber ihre Stimme zitterte.

»Okay«, flüsterte Kyra, »kommt mit.«

Erneut schlichen sie zum Tor und diesmal vermochte das Knirschen des Eisenrings sie nicht in die Flucht zu schlagen. Allen dreien lief es bei dem Geräusch kalt den Rücken hinunter, aber keiner zögerte auch nur einen Augenblick, als der schwarze Türspalt aufklaffte. Geschwind huschten sie hindurch und schlossen das Tor hinter sich. Von außen sollte keiner bemerken, dass jemand das Gemäuer betreten hatte.

Sankt Abakus war keine große Kirche. Zu beiden Seiten des Mittelgangs standen jeweils fünfzehn Bänke. Die Wände waren nicht verputzt, das grobe Gestein vom Kerzenruß nachgedunkelt. Die Buntglasfenster ließen kaum Licht durch; die wenigen Strahlen, die dennoch hereinschienen, leuchteten in allen Farben des Regenbogens. Die Luft war sehr kühl und es roch nach Kerzenwachs, erkaltetem Weihrauch und wurmstichigem Holz.

Der Dachstuhl des Gemäuers spannte sich hoch über den Köpfen der Kinder als wirres Netz aus Balken und Brettern. Dazwischen herrschte völlige Finsternis. Kyra hatte gehört, dass sich immer wieder Tauben dort oben verkrochen. Tatsächlich vernahm sie jetzt ein leises Flattern, das aber gleich wieder verstummte.

Der Altar stand auf einer Erhöhung am anderen Ende des Raumes. Auch dort war kein Mensch zu sehen. Die Kirche war verlassen.

»Kennt einer von euch den Eingang zur Krypta?«,

fragte Kyra und meinte damit das alte Gruftgewölbe unter der Kirche.

Nils deutete in die Schatten zur Rechten des Altars. »Da drüben führt eine Wendeltreppe nach unten«, erwiderte er im Flüsterton.

»Sollten wir nicht ein paar Kerzen mitnehmen?«, schlug Lisa vor.

»Gute Idee.« Kyra lief hinüber zu einem Tisch an der Seitenwand, auf dem ein ganzer Stapel Kerzen lag. Besucher durften für ein paar Münzen eine anzünden und in einen Messinghalter stecken. Kyra nahm gleich drei davon.

»Müssten wir dafür nicht eigentlich Geld hinlegen?«, fragte Lisa zweifelnd.

»Hast du welches dabei?«, erwiderte Kyra. »Außerdem ist das ein Notfall. Der liebe Gott hat Verständnis für so was.«

Als wollte der Himmel ihr dafür eine Rüge erteilen, ertönte von oben erneut das Flattern.

»Blöde Tauben«, knurrte Nils.

Jeder nahm eine Kerze und entzündete sie mit den Streichhölzern, die gleichfalls auf dem Tisch lagen. Die Flammen zeigten in dem großen Raum kaum eine Wirkung. Es blieb weiterhin finster, überall zuckten Schattengebilde.

So leise wie möglich pirschten die Kinder den Mittelgang entlang. Vor ihnen ragte der Altar auf wie ein steinernes Grabmal – und genau genommen war es das ja auch: das Grabmal des Hexenjägers Abakus.

»Oh, verflucht!«, entfuhr es Kyra plötzlich. Sie blieb wie angewurzelt stehen.

»Was ist?«, konnte Nils gerade noch fragen, dann prallte er schon gegen sie. Nur mit Mühe gelang es den beiden, ihr Gleichgewicht zu halten.

Lisa erkannte, was Kyra meinte. Ihr Gesicht wurde kreidebleich. »Oh nein …!«

Nils fluchte. »Könnte mir vielleicht eine von euch sagen, was –«

»Dort vorn«, zischte Kyra ihm zu. »Auf dem Altar!«

Jetzt bemerkte er es auch. Ihm wäre lieber gewesen, er hätte es nicht gesehen.

Auf dem Altar stand eine Handtasche aus Krokodilleder. Erst jetzt waren die Freunde nahe genug herangekommen, um sie im Halblicht der Kirche auszumachen.

Der Verschluss war weit geöffnet.

Über ihnen ertönte erneut das leise Flattern.

Kyra wagte nicht, sich zu bewegen. Ihre Glieder waren wie versteinert. Den beiden Geschwistern erging es nicht besser. Ihr erster Gedanke war, sich herumzuwerfen und zum Ausgang zu laufen. Doch damit hätten sie den Fisch im Inneren der Tasche erst recht auf sich aufmerksam gemacht.

Vorausgesetzt er war überhaupt noch in der Tasche.

Unendlich langsam wandte Kyra den Blick zum dunklen Dachstuhl. Schwärze hing zwischen den Balken wie Spinnweben. Dort oben mochte sich al-

les Mögliche verstecken. Fliegende Fische. Hexen. Ein wieder erweckter Inquisitor.

»Was nun?«, flüsterte Lisa beinah lautlos.

Nils zuckte die Achseln; vielleicht war es auch nur sein Zittern. Er brachte kein Wort heraus.

Kyra erinnerte sich angstvoll an das Quietschen des Eisenrings. »Wenn wir die Tür noch mal auf- und zumachen, bemerkt uns das Mistvieh auf jeden Fall.« Und in Gedanken fügte sie hinzu, was ohnehin alle wussten: *Wir können hier nicht raus!*

Nils schluckte kräftig. Ganz langsam bewegte er sich auf eine Bank zu, die gleich neben ihm stand. Lautlos kletterte er darauf und versuchte, von dieser erhöhten Position aus in die offene Tasche zu blicken.

»Kannst du was sehen?«, raunte Kyra ihm zu.

»Nichts. Zu weit weg. Und zu dunkel.« Nils gesellte sich wieder zu den Mädchen.

Lisas Augen waren weit vor Aufregung. »Wenn der Fisch noch da drin steckt, könnten wir versuchen, die Tasche zuzumachen.«

»Du meinst, einer von uns soll sich an den Altar schleichen?« Nils schüttelte fassungslos den Kopf. »Das ist Selbstmord!«

Kyra atmete tief durch. »Ich versuch's.«

»Hör auf mit dem Unsinn«, fuhr Nils sie an, eine Spur zu laut. »Du hast gesagt, diese Fische haben verdammt spitze Zähne.«

»Jede Menge davon.«

»Dann sollten wir versuchen, von hier abzuhauen.«

Kyra blickte ihn zornig an. »Und was ist mit meiner Tante?«

»Wir wissen doch nicht mal, ob sie wirklich unten in der Gruft ist.«

Kyra dachte noch einen Augenblick nach, dann straffte sie ihren Oberkörper. »Ihr bleibt hier stehen. Mucksmäuschenstill, verstanden?«

»Du bist verrückt«, schimpfte Nils, sah aber ein, dass Kyra nicht zur Vernunft kommen würde. Und im Grunde hatte sie natürlich Recht: Was sie vorhatte, war wahrscheinlich ihre einzige Chance, doch noch einen Blick in die Krypta zu werfen.

Kyra blies ihre Kerze aus und packte sie wie einen Knüppel. Es war eine ziemlich jämmerliche Waffe – aber leider die beste, die sie hatte. Mit bebenden Knien machte sie sich auf den Weg.

Ihre Bewegungen waren so langsam, als ginge sie über den Grund eines Sees. Die Luft schien um sie herum zu etwas Festem zu erstarren, was ihrem Körper erbitterten Widerstand leistete.

Vorsichtig setzte sie einen Fuß vor den anderen. Langsam. Hob die Kerze. Sehr langsam. Näherte sich dem Altar. Sehr, *sehr* langsam.

Noch fünf Meter.

Noch vier.

Abermals flatterte es in den Schatten unter dem Dach.

Drei Meter.

Kyra streckte wie in Zeitlupe ihre linke Hand aus. Dabei fiel ihr ein, dass sie beide Hände brauchen würde, um die Handtasche zuzuschlagen. Also schob sie die Kerze unter ihren Gürtel. Machte sich bereit, beidhändig den Verschluss der Tasche zu packen.

Noch zwei Meter.

Ein Windstoß zischte durch eine Ritze im Gebälk herein und raschelte unter dem Dach. Es klang, als flüstere jemand. Ein fremdartiges Wispern.

Der letzte Meter. Kyra musste zwei Stufen hinaufsteigen und selbst dann reichte ihr der Altar noch immer bis zur Brust. Auch jetzt konnte sie noch nicht ins Innere der Tasche blicken. Dämmerlicht brach sich auf dem glatten Krokodilleder, ließ das Schuppenmuster glitzern wie hundert Augenpaare, die Kyra verschlagen anstarrten.

Sie atmete durch, breitete die Arme ein Stück weit aus – und stieß dabei mit dem Ellbogen gegen die lange Kerze in ihrem Gürtel. Die Kerze löste sich, fiel herunter. Würde gleich auf den Boden poltern …

Kyra bückte sich blitzartig. Ihre vorschnellende Hand fing die Kerze zwei Zentimeter über den Steinfliesen auf.

Nils und Lisa seufzten vor Erleichterung und Kyra schenkte ihnen ein nervöses Lächeln.

Sie stellte sich wieder auf, schob die Kerze tief in ihren Hosenbund. Näherte sich mit beiden Händen der Tasche, breitete erneut die Arme aus.

Bewegte sich da etwas im Inneren der Tasche? Nein, nur eine Täuschung.

Kyra schlug die Hände zusammen, presste dabei

die Ränder der Tasche aufeinander. Mit einem Klicken rastete der Verschluss ein.

Die Tasche war zu!

»*Kyra!*«

Der Aufschrei der Geschwister ließ Kyra herumwirbeln.

»Was –«, begann sie – und dann sah sie es auch schon.

Etwas Silbernes, Funkelndes raste aus dem Dachstuhl herab, drehte einen Kreis über den Köpfen der Geschwister, beinahe zu schnell für das menschliche Auge, und stürzte sich dann auf Kyra.

Sie handelte aus purem Instinkt. Riss die Kerze aus dem Hosenbund. Rammte sie in das offene Fischmaul.

Gerade noch rechtzeitig.

Die blitzenden Zahnreihen verbissen sich in dem Wachs. Die Kiefer der Kreatur schlossen und öffneten sich so schnell, dass Kyra nur noch eine verschwommene Bewegung wahrnahm. Wie ein fliegender Fleischwolf verschlang der Fisch die Kerze, schoss weiter auf Kyra zu, auf ihr Gesicht, ihre Augen –

Und verharrte plötzlich mitten in der Luft.

Seine Flügel flatterten langsamer. Der fleischige Leuchtfühler auf seiner Stirn vibrierte wie eine Schlangenzunge.

Der Fisch riss das Maul auf – *Zähne, so viele Zähne!* –, und die Öffnung war jetzt groß genug, um Kyras Kopf mit einem Biss zu verschlingen.

Etwas schoss aus dem Maul auf sie zu, etwas Heißes, Weiches.

Geschmolzenes Wachs klatschte auf Kyras Wangen. Voller Schrecken und Ekel zuckte sie zurück, stieß schmerzhaft gegen die Steinkante des Altars. Das Wachs war so flüssig, als käme es aus einem Hochofen – als würde im Inneren der Fischbestie ein verzehrendes Feuer toben. Höllenfeuer!

Der Fisch schwebte noch immer in der Luft. Er taumelte.

»Die Kerzen sind geweiht!«, schrie Nils unendlich weit entfernt. »Das ist es! Er verträgt sie nicht, weil sie geweiht sind!«

Kyras Blick war wie hypnotisiert auf die glänzenden Fischaugen gerichtet, die kaum eine Handlänge vor ihrem Gesicht schwebten. Augen so tief und dunkel wie Moorlöcher. Augen voller Tücke und Niedertracht. Und voller Schmerz.

Kyra überlegte nicht. Sie handelte.

Sie ballte die Hand zur Faust, holte aus und schlug mit aller Kraft zu.

Der Aufprall fühlte sich an, als hätte sie gegen einen Schwamm geboxt, voll gesogen mit Eiswasser. Es war das Widerlichste, was sie in ihrem ganzen Leben berührt hatte. Und es tat weh, brannte trotz der Kälte wie Feuer, ähnlich wie flüssiger Stickstoff, mit dem der Arzt seinem Patienten eine Warze wegbrennt.

Der Fisch wurde zur Seite geprellt, flatterte einen Augenblick lang hilflos wie ein frisch geschlüpfter

Vogel. Dann aber erholte er sich langsam. Das Schlagen seiner Flughäute wurde regelmäßiger und schneller. Erneut begannen seine Kiefer auf- und zuzuschnappen.

Von hinten traf ihn ein Wasserschwall. Aus dem offenen Fischmaul kam ein Schrei wie von einem kleinen Kind, nur noch schriller, fast schmerzhaft in den Ohren.

Eine zweite Wasserladung prasselte auf ihn herab. Dampf stieg auf, als die Tropfen hässliche Narben in den Silberleib des Fisches ätzten.

»Weihwasser!«, schrie Lisa, die als Erste eine Hand voll Wasser gegen die Kreatur geschleudert hatte. Sie und Nils hatten das Taufbecken neben dem Eingang der Kirche geöffnet und mit beiden Händen geweihtes Wasser herausgeschöpft. Jetzt rannten sie erneut den Gang hinunter, tauchten ihre Hände tief in das Becken.

Doch ein zweiter Angriff war unnötig.

Der Fisch kreischte abermals, stabilisierte dann seinen Flug und schoss auf den Altar zu. Dabei hinterließ er eine Spur aus scharf riechendem Dampf, wie der Kondensstreifen eines Flugzeugs.

Im letzten Moment bemerkte die Kreatur, dass die Handtasche auf dem Altar geschlossen war. Der Zugang zu ihrem Nest war versperrt. Keine Sicherheit. Kein Schutz.

Das Kreischen der Bestie wurde ohrenbetäubend. Kyra taumelte die Stufen des Altars hinunter und lief zu ihren beiden Freunden, die ihr bereits entgegenkamen. Zwischen den Fingern der Geschwister tropfte Wasser zu Boden.

»Wir müssen hier raus!«, brüllte Kyra.

»Was ist mit der Gruft?«, fragte Nils aufgeregt. Die Schlappe, die sie dem Fisch beigebracht hatten, machte ihn wieder wagemutig.

»Wir können da jetzt nicht runtergehen«, gab Kyra zurück. »Wer weiß, wo die anderen Fische stecken. Und ihre Besitzerinnen.«

Ein gellendes Quietschen ertönte. Dann sagte eine Stimme: »Gute Frage.«

Eine zweite Stimme meinte: »Berechtigte Frage.«

Und eine dritte zischte: »Dumme Frage.«

Die Kinder wirbelten herum, blickten zum Tor. Die hohen Holzflügel der Kirche waren weit geöffnet.

Drei schlanke Gestalten, schwarze Scherenschnitte vor dem hellen Rechteck des Himmels, standen unter dem Torbogen. Langes Haar tanzte auf Windböen wie zuckende Schlangenleiber. Zwei der Frauen trugen Handtaschen.

Etwas schoss an den Kindern vorüber und hinterließ eine Rauchspur. Die Hexe, die keine Tasche trug, fing ihren verletzten Fisch auf, streichelte ihn wie ein Neugeborenes.

»Was haben sie dir angetan«, wisperte sie leise. Und dann, schlagartig, brüllte sie so laut, dass Staub vom Dachgebälk rieselte: *»Was haben diese grässlichen Bälger dir nur angetan?«*

Eine der beiden anderen Hexen hielt ihre zornige Gefährtin zurück, sonst hätte die sich wohl gleich

auf die drei Kinder gestürzt und ihnen den Garaus gemacht.

Die dritte Hexe trat vor, bis die Freunde erkennen konnten, wie umwerfend schön sie war. So sahen doch keine bösen Hexen aus! Aber gerade ihre Schönheit und Anmut waren eine der gefährlichsten Waffen dieser Wesen.

Die Hexe öffnete ihre Handtasche. Ein Fisch erhob sich aus dem Dunkel, sauste auf die Kinder zu und verharrte vor ihren Gesichtern. Bedrohlich wie ein Kettenhund schnappte er mit seinen schrecklichen Kiefern, kam aber nicht näher.

»Ihr hättet nicht herkommen sollen«, sagte die Hexe und lächelte betörend. »Nein, das hättet ihr wirklich nicht.«

Nils fasste sich ein Herz. »Wir … wir könnten so tun, als wären wir nie hier gewesen«, schlug er mit schwacher Stimme vor. »Wir gehen einfach durch diese Tür und …«

»Oh, so ein süßer kleiner Bengel«, hauchte die Hexe in einem Tonfall, als würde sie im Fernsehen Werbung für Hautcreme machen. Sie trat noch einen weiteren Schritt auf Nils zu und stupste zärtlich mit dem Zeigefinger an seine Nasenspitze. Ihr Fliegender Fisch biss vor Eifersucht in leere Luft.

Die Stimme der Hexe war voller Sanftmut. »Wie schade, kleiner Junge, dass du und deine Freundinnen die nächste Stunde nicht überleben werdet.«

Die Gefangene im Glockenturm

Chris, der sehr stolz auf seinen vollen Namen Chrysostomus war, schaute vorsichtig über den Rand der Friedhofsmauer. Gerade wurde das hohe Doppeltor der Kirche von innen zugeworfen. Die drei unheimlichen Frauen waren im Inneren verschwunden.

Und unheimlich waren sie in der Tat. Zunächst hätte Chris gar nicht zu sagen vermocht, was genau es war, das ihm an ihnen solche Angst einjagte. Alle drei waren wunderschön, gar keine Frage. Die schönsten Geschöpfe, die er je gesehen hatte. Und doch … Da war etwas, fast wie ein schlechter Geruch, eine böse Aura, die von ihnen ausging.

Als er beobachtet hatte, wie die Frauen den Kirchhügel hinaufkamen, hatte Chris das Gefühl gehabt, der Wind treibe winzige Glasscherben gegen seine Haut. Es tat weh, diese Frauen nur anzuschauen. Dann waren ihm die hässlichen Handtaschen aufgefallen, die zwei der Frauen trugen. Plötzlich hatte eine von ihnen ihre Tasche geöffnet und zum Himmel emporgehalten. Ein silbernes Etwas war zwischen den Bäumen hervorgeschossen gekommen und direkt in der Handtasche gelandet. Er fröstelte: die Fliegenden Fische von heute Morgen.

Chris wusste, dass Kyra und ihre beiden Freunde in der Kirche waren. Er war ihnen heimlich aus dem Dorf hierher gefolgt. Chris war neugierig gewesen und er hatte ohnehin nichts Besseres zu tun. Er kannte noch niemanden in Giebelstein, und Kyra hatte Recht gehabt: Es *hätte* schlimmer kommen können, als ausgerechnet ihr als Erster zu begegnen – auch wenn er sich natürlich hüten würde, das zuzugeben. Mädchen konnten ja so eingebildet sein!

Dass die drei jetzt mit den sonderbaren Fischfrauen allein in der Kirche waren, bereitete ihm Sorge. Überirdische Schönheiten, die in ihren Handtaschen Tiefseefische mit Flughäuten aufbewahrten, waren sogar hier auf dem Land ein wenig … nun ja, unüblich. Und er musste sich eingestehen, dass er selbst jetzt noch am ganzen Körper eine Gänsehaut hatte.

Geschickt kletterte er auf die andere Seite der Mauer und rannte geduckt über den Friedhof. Die hohen Grabsteine, Obelisken und Standbilder wirkten bedrohlich, selbst bei Tageslicht. Dieser Gottesacker hatte wenig gemein mit den gepflegten Anlagen, die Chris aus anderen Städten kannte. Wie beinahe alles in Giebelstein wirkte auch dieser Ort alt und unheimlich, so als versetze er einen direkt in eine frühere, finsterere Zeit.

Chris erreichte das Tor und horchte. Im Inneren erklangen Stimmen, aber er konnte nicht verstehen, was sie sagten. Einmal glaubte er, Kyra herauszuhören, war sich dessen aber nicht sicher. Dann vernahm er hallende Schritte auf Stein, schließlich Stille. Seine Nackenhaare stellten sich auf und ein eisiger Schauder lief über seinen Rücken.

Fieberhaft überlegte er, wie er ungesehen ins Innere der Kirche gelangen könnte. Nach einigem Nachdenken entschloss er sich, das finstere Gemäuer einmal zu umrunden. Dabei entdeckte er an der Nordseite eine schmale Seitentür. Als er an der Mauer emporschaute, erkannte er, dass die Tür in den Glockenturm führte. Wie nicht anders zu erwarten, war sie abgeschlossen. Das rostige Schlüsselloch war ungemein groß und so versuchte Chris hindurchzuschauen.

Drinnen war es stockdunkel. Keine Formen, keine Bewegung.

Plötzlich fragte eine Stimme durch das Holz: »Seid ihr schon wieder da? Sagt bloß, ihr habt euren Schlüssel verloren.« Darauf ertönte ein bitteres Lachen. Es gehörte eindeutig einer jungen Frau.

Chris traf seine Entscheidung in Windeseile. »Ähem«, machte er ein wenig verlegen, »wer spricht denn da?«

Einen Augenblick lang herrschte Schweigen, dann fragte die Frauenstimme überrascht: »Nils? Bist du das?«

»Mein Name ist Chris. Wer sind Sie?«

Wieder eine Pause. Dann sagte die Frau: »Kassandra Rabenson. Mir gehört der Teeladen unten im Ort. Kannst du mich hier rausholen?«

»Wer hat Sie denn eingesperrt? Die Frauen mit den Fischen?«

»Du hast sie gesehen?«

»Sie sind in der Kirche. Zusammen mit den anderen.«

»Welchen anderen?«, fragte sie alarmiert.

Chris zögerte. »Dem Mädchen und ihren Freunden.«

»Himmelherrgott!«, entfuhr es der Frau hinter der Tür. »Hat das Mädchen dunkelrotes Haar, fast braun?«

Chris nickte, ehe ihm einfiel, dass die Frau ihn ja gar nicht sehen konnte. »Ja«, erwiderte er. »Ihr Name ist Kyra.«

»Oh nein!«

»Kennen Sie sie?«

»Ich bin Kyras Tante.« Ihre Stimme klang jetzt zittrig und voller Sorge. Mit einem Mal wurde sie sehr hektisch. »Du hast mir noch keine Antwort gegeben: Kannst du mich rauslassen?«

»Ich hab keinen Schlüssel.«

»Nein«, sagte die Frau nachdenklich, »natürlich nicht.« Nach einer Pause setzte sie hinzu: »Gibt es da draußen irgendwas, mit dem du die Tür aufbrechen könntest?«

Chris schaute sich um. »Sieht nicht so aus.«

Kyras Tante überlegte. »Gut, es ist dort draußen sowieso zu gefährlich für dich. Die Hexen können jeden Moment wieder auftauchen und … «

»Hexen?«, unterbrach er sie staunend.

»Wer sonst trägt wohl Fliegende Fische in Krokodilledertaschen spazieren, hm?«

»Ich dachte, Hexen sind alt und bucklig. Außerdem haben sie immer schwarze Kater dabei.«

»Nicht *diese* Hexen. Früher hatten sie mal Kater, aber die sind von den Fischen gefressen worden. Fliegende Fische können ziemlich eifersüchtig sein, wusstest du das nicht?«

»Fische, die Katzen fressen?« Chris schüttelte fassungslos den Kopf. »Ich dachte immer, das sei genau umgekehrt.«

»Es sind Hexenfische. Und Hexenkater«, sagte die Frau, so als sei damit alles geklärt. »Hör zu, Chris … du hast doch gesagt, das ist dein Name, oder?«

»Chris, ja. Chrysostomus Guldenmund.«

»Wie auch immer.« Kyras Tante klang immer gehetzter. »Ich habe eine Aufgabe für dich. Du musst Kyra und die anderen retten. Oh ja, und mich, wenn du gerade dabei bist.«

»Ich könnte die Polizei holen.«

»In Giebelstein gibt es kein Revier. Außerdem könnte die Polizei doch nichts tun. Hier steht weit mehr auf dem Spiel als nur unser aller Leben.«

Chris fand, dass ihrer aller Leben eigentlich eine ganze Menge war. »Was soll ich tun?«

»Kennst du meinen Laden?«

»Ich hab ihn im Vorbeilaufen gesehen.«

»Gut. Du musst in mein Haus einbrechen. Ich nehme an, du hast darin keine Erfahrung, oder?«

»Na ja, nicht wirklich …«

»Braver Junge. Obwohl mir ein Profieinbrecher im Augenblick lieber wäre. Egal. Du gehst durch das schmale Tor, das auf den Hinterhof führt. Dort findest du zwei kleine Küchenfenster. Nimm ein Stück Holz vom Brennholzstapel und schlag damit die Scheibe ein.«

»Schon mal das Wort ›Sachbeschädigung‹ gehört?«

Die Frau lachte leise, aber es klang nicht allzu fröhlich. »Ich gebe dir hiermit die Erlaubnis, mein Fenster zu zerschlagen. Reicht das?«

»Ich schätze schon.«

»Du kletterst hinein, läufst die Treppe bis ganz nach oben und gehst in Kyras Zimmer. Du kannst es nicht verfehlen. Unter Kyras Bett liegt ein Buch. Sehr groß, sehr alt, sehr schwer. Das bringst du hierher. Auf dem Rückweg schnappst du dir in der Küche ein stabiles Messer, es müsste eines im Abwasch liegen. Alles klar?«

»Äh, ja.«

»Dann lauf los. Und lass dich nicht von den Hexen erwischen.«

Chris drehte sich um und wollte sich auf den Weg machen. Dann aber blieb er doch noch einmal stehen und wandte sich zur Tür. »Nur ganz nebenbei: Was werden diese Hexen mit mir anstellen, wenn sie mich erwischen?«

»Ich glaube nicht, dass du das wirklich wissen willst.«

»*Ich* glaube schon.«

Kyras Tante seufzte. »Sie werden dich töten. Langsam. Schmerzhaft. Wirklich widerwärtig schmerzhaft. Reicht das?«

Chris schluckte. »Völlig.«

»Dann beeil dich.«

Er rannte los, erst zur Mauer, dann auf der anderen Seite um den Hügel herum. In Windeseile war er am Pfarrhaus vorbei und lief den Feldweg zur Hauptstraße hinunter.

Bald darauf stand er vor dem Schaufenster des Teeladens. Durch einen schmalen Torbogen lief er auf den Hof. Er entdeckte die Fenster und auch das Brennholz, alles war wie beschrieben.

Es kostete ihn einige Überwindung, tatsächlich einen Holzblock durch eine der Scheiben zu schleudern. Er fürchtete, jemand könnte von der Straße aus das Scheppern hören. Doch als das Glas dann tatsächlich auseinander krachte und als Splitterregen ins Innere der Küche prasselte, begann er, allmählich Gefallen an der Sache zu finden. Es wurde einem nicht alle Tage erlaubt, Fenster einzuschmeißen. Genau genommen war es so ziemlich das Verrückteste, was ihm je passiert war.

Er fand das Treppenhaus auf Anhieb und bald darauf stand er in Kyras Zimmer. Es war ein merkwürdiges Gefühl, plötzlich inmitten ihrer Sachen zu stehen. Chris hatte Kyra schließlich gerade erst kennen gelernt. Und jetzt war es, als sei er ihr ältester und engster Freund, der sogar dann in ihr Zimmer durfte, wenn sie gar nicht zu Hause war.

Er bückte sich vor ihrem Bett und verspürte ein leichtes Kribbeln, als er die Decke beiseite schlug. Merkwürdiges Gefühl, fand er.

Das Buch lag im Schatten unter dem Bett. Kyras Tante hatte Recht gehabt: Es war wirklich sehr groß und so schwer wie ein Stein. Chris musste es mit beiden Händen hochheben. Er keuchte, als er es die Treppe hinuntertrug und durch das offene Fenster wuchtete. Fast hätte er das Messer vergessen. Im letzten Moment fiel es ihm wieder ein und er fand tatsächlich eines zwischen dem schmutzigen Geschirr in der Spüle. Erdbeermarmelade klebte an der Klinge.

Der Rückweg zur Kirche dauerte angesichts seiner Last beinahe dreimal so lange wie der Hinweg. Er fragte sich, was die Frau im Turm vorhatte. Sollte er die Tür etwa mit dem Buch einschlagen? Immerhin war es schwer genug. Aber hätte er dazu nicht ebenso gut irgendein Grabkreuz nehmen können?

Er nahm den gleichen Weg wie vorhin und bald stand er wieder vor der verschlossenen Tür des Glockenturms.

»Hier … bin … ich«, keuchte er atemlos.

»Du bist klasse.«

»Sagen Sie das Kyra.« Chris biss sich auf die Unterlippe. Er wusste selbst nicht recht, warum er das erwähnt hatte.

»Werde ich tun«, versprach die Frau. »Leg das Buch ins Gras, aber pass auf, dass es nicht nass wird. Und dann schieb mir das Messer unter der Tür durch. Der Spalt dürfte breit genug sein.«

Er folgte genau ihren Anweisungen, hörte, wie sie das Messer vom Boden nahm und damit an der Innenseite des Türschlosses herumhantierte. Plötzlich machte es *klick* und die Tür ließ sich öffnen.

»Hallo, Chris«, sagte die Frau, als sie ins Freie trat. Chris fand, dass sie Kyra ziemlich ähnlich sah. Nur das Rot ihrer Haare war heller. Falls die Ähnlichkeit der beiden ein Anhaltspunkt dafür war, dass Kyra später einmal genauso aussehen würde, würde er dem Mädchen noch heute einen Heiratsantrag machen. Kassandra Rabenson war eine schöne Frau, auf eine viel natürlichere Weise als die aufgetakelten Hexen.

»Sie können Schlösser mit einem Küchenmesser öffnen?«, fragte er beeindruckt. »Meine Tanten können höchstens Kuchen backen.«

Sie lächelte. »Um ehrlich zu sein, das kann ich noch dazu. Und du solltest erst mal meine selbst gemischten Tees probieren …«

Chris grinste verlegen, dann zeigte er auf das Buch. »Was wollen Sie mit dem alten Ding?«

Kassandra wurde schlagartig ernst. »Leben retten, hoffe ich. Los, du trägst es. Jungen in deinem Alter sollten sich immer nützlich machen.«

Chris verdrehte die Augen. Offenbar gab es manche Dinge, in denen alle Tanten dieser Welt einer Meinung waren.

Abakus erwacht

Kyra fror. Auch Lisa hatte die Arme vor dem Oberkörper verschränkt und zitterte. Nur Nils stieg die Wendeltreppe hoch erhobenen Hauptes hinunter, wie ein römischer Feldherr, der voller Stolz in den Untergang schreitet. Kyra fand das ziemlich albern. Aber es musste eben jeder auf seine Weise mit seiner Angst fertig werden. Und ein wenig beneidete sie Nils schließlich auch um seine gekünstelte Gelassenheit.

Die drei Hexen gingen hinter den Kindern. Kyra spürte einen leichten Luftzug am Hinterkopf, und zugleich drang ihr ein übler Geruch in die Nase, wie von einem Hafenbecken bei Ebbe – untrügliche Zeichen dafür, dass einer der Fliegenden Fische unmittelbar hinter ihr flatterte. Höchstwahrscheinlich waren die Kreaturen intelligent genug, um zu wissen, was die Kinder ihrem Artgenossen angetan hatten. Es stand zu befürchten, dass die Bestien eine Mordswut auf die Freunde hatten.

Die Krypta – Abakus' Gruft – lag etwa zehn Meter unter der Kirche, tief in den Hügel eingelassen. Es war ein sechseckiger Raum, rundherum durch schlichte Säulen abgestützt. Riesige Kerzen, so dick und so lang wie Männerbeine, flackerten an den Wänden. Ihr Lichtschein zuckte gespenstisch über dem gewaltigen Steinsarkophag, der die Mitte der Gruft einnahm.

Die Bildhauer des Mittelalters hatten den Deckel der Grabstätte in Form eines liegenden Mannes gestaltet. Er hatte die Hände auf der Brust gefaltet. Um seine Mundwinkel spielte ein gütiges Lächeln. Falls dies tatsächlich ein Abbild des Hexenjägers war, so hatte er keineswegs so teuflisch ausgesehen, wie Kyra ihn sich vorgestellt hatte. Ein fingerlanger Bart, an der Spitze gegabelt, schmückte sein Kinn. Seine Nase war schmal, die Augenbrauen wulstig. Er trug ein langes Gewand, das bis zu seinen Füßen reichte. Für einen Mann seiner Zeit war er ungemein groß; vielleicht aber hatten es die Künstler mit seiner Größe auch nicht so genau genommen.

Die Hexen hatten auf den Boden rund um den Sarkophag ein Pentagramm gezeichnet, einen fünfzackigen Stern. Kyra wusste, dass dies in der Magie ein mächtiges Symbol war. Die Linien waren dunkelbraun wie getrocknetes Blut. Hier und da klebten Hühnerfedern.

»Sie wollen es tatsächlich tun!«, entfuhr es Nils.

»Abakus soll wieder auferstehen«, murmelte auch Kyra, während Lisa sehr unglücklich dreinblickte.

Eine der Hexen trat vor. »Noch heute wird es so weit sein«, sagte sie. »Der Magister wird wiederkehren. Er wird das Arkanum zu neuem Ruhm führen. Mit ihm an unserer Spitze wird die Welt uns untertan sein.«

Nils verzog das Gesicht. »Und dann? Wollt ihr alle Menschen in Frösche verwandeln? Wenn es nur das ist – ich kenne da einen hübschen Froschteich, gar nicht weit von hier. Damit würdet ihr euch eine Menge Mühe ersparen.«

Die Hexe sah aus, als wollte sie Nils ohrfeigen, tat es dann aber doch nicht. Ein böses Lächeln huschte über ihr Gesicht. »Spotte nur, kleiner Junge. Du wirst mich noch anflehen, ein Frosch sein zu dürfen.«

Nils schluckte und sagte nichts mehr.

»Los«, befahl die Hexe, die immer noch ihren verletzten Fisch im Arm hielt, »dort hinüber!«

Sie zeigte auf einen dunklen Winkel zwischen zwei Säulen. »Magister Abakus soll nicht als Erstes eure hässlichen Gesichter sehen, wenn er die Augen aufschlägt.«

Die Kinder gehorchten und drängten sich im Schatten aneinander. Die zwei unversehrten Fische zogen enge Kreise um ihre Köpfe, wachsam und mit tückischen Augen.

Der verletzte Fisch löste sich aus den Armen seiner Herrin und verschwand trudelnd in der Dunkelheit. Kyra gefiel es nicht, ihn aus den Augen zu verlieren. Sie fürchtete, er könne sich an ihnen rächen wollen und von hinten über sie herfallen.

»Eigentlich hatten wir ein anderes Opfer im Sinn, um den Magister gnädig zu stimmen«, sagte eine der Hexen.

»Aber ein Kind wird ihm lieber sein als ein erwachsenes Weib«, fügte die zweite Hexe hinzu.

»Und drei Kinder werden ihm noch mehr gefallen«, meinte die dritte und kicherte böse.

Ein erwachsenes Weib. Damit konnte nur Tante

Kassandra gemeint sein. Aber wo steckte sie? Kyra hatte eigentlich vermutet, dass die Hexen sie hierher gebracht hatten. Doch hier unten war niemand außer ihnen.

»Ihr braucht eure Opfer wohl lebend?«, fragte Kyra und hatte dabei etwas ganz Bestimmtes im Sinn.

»Allerdings«, entgegnete eine der Hexen.

»Aber keine Sorge«, sagte eine andere hämisch, »ihr sterbt noch früh genug.«

Alle drei kicherten wieder wie verknöcherte Greisinnen.

So sehr die Worte der Hexen die Kinder auch ängstigten, hatten sie ihnen doch unbeabsichtigt einen wichtigen Hinweis gegeben: Falls Tante Kassandra wirklich das erste Opfer hatte sein sollen, musste sie noch am Leben sein. Gewiss war sie auch nicht in irgendetwas Schreckliches verwandelt worden, denn der mächtige Abakus würde gewiss nicht glücklich sein, wenn man ihm eine Kröte oder ein Frettchen als Opfergabe anbot.

»Abakus wird euer Blut trinken«, sagte eine Hexe.

»Damit er zu Kraft kommt«, setzte eine andere hinzu.

»Blut und Kraft!«, brüllte die dritte mit sich überschlagender Stimme, und sogleich fielen die beiden anderen mit ein.

»Blut und Kraft! Blut und Kraft!«, riefen alle drei immer wieder, bis den Kindern klar wurde, dass es sich um eine Anrufung handelte, um ein Gebet an den Teufel. Das Ritual hatte begonnen.

»Wir müssen irgendwas unternehmen«, flüsterte Lisa mit schwacher Stimme.

»Tolle Idee«, meinte Nils kläglich. »Irgendwelche Vorschläge?«

Ein Fliegender Fisch schoss auf ihn zu und ließ nur eine Handbreit vor seinem Gesicht die Zähne zusammenschnappen. Nils zuckte erschrocken zusammen und riss den Kopf zurück. Der Fisch drehte warnend eine Runde um Nils' Schultern, dann ging er wieder auf Abstand.

Doch trotz seiner Furcht gab Nils sich noch nicht geschlagen. Er stieß Kyra unauffällig mit dem Ellbogen an.

»Kannst du sie ablenken?«, zischte er und bewegte dabei kaum die Lippen. Die Fische hatten scharfe Augen, schienen jedoch so gut wie taub zu sein.

Auch Kyra gab sich Mühe, den Mund beim Flüstern stillzuhalten. »Was soll ich tun?«, fragte sie mit gefurchter Stirn. »Laut singen oder so was?«

»Von mir aus.« Nils drehte sich langsam mit dem Rücken zu ihr, stieß sie sachte mit dem Oberschenkel an und zog den Saum seines Sweatshirts ein paar Zentimeter nach oben.

Kyra erkannte, auf was er hinauswollte. Aus einer Hintertasche seiner Jeans ragte das hölzerne Ypsilon einer selbst gebastelten Steinschleuder.

»Du hast sie mitgenommen!«, entfuhr es ihr euphorisch, und diesmal schossen gleich beide Fische vor und zeigten Kyra ihre nadelspitzen Zahnreihen.

Nils trat endlos langsam einen Schritt nach hinten, bis er mit dem Rücken nah an der Wand stand. Er versuchte, dabei so auszusehen, als weiche er aus Angst vor der Zeremonie der Hexen zurück – was ihm nicht besonders schwer fiel, denn Angst hatte er in der Tat ganz beachtliche.

Er schob seine rechte Hand in die vordere Hosentasche und zog ganz, ganz langsam etwas hervor. Zwei flache Kieselsteine. Er hielt sie fest mit der Faust umklammert.

Das Ritual der Hexen ging allmählich seinem Höhepunkt entgegen. Alle drei hatten die Arme ausgebreitet und die Köpfe in den Nacken gelegt. Ihre Augen waren geschlossen und über ihre Lippen kamen Beschwörungsformeln in fremden Sprachen.

Kyra überlegte fieberhaft, was sie tun konnte, um die Fische von Nils abzulenken. Schließlich plapperte sie einfach drauflos:

»Ist das etwa alles?«, fragte sie laut und versuchte, die Fische dabei nicht anzusehen. »Nur ein paar Zaubersprüche, und schon kehrt der große Abakus zurück? Müssen dafür nicht irgendwelche Sterne ein bestimmtes Muster bilden? Oder wie wär's mit einer Sonnenfinsternis? In Filmen ist für so was immer eine Sonnenfinsternis nötig!«

Sie trieb ein gewagtes Spiel. Wenn die Fische sie als Strafe für ihr Gerede attackierten, war sie verloren. Kyras einzige Hoffnung war, dass die Hexen Befehl gegeben hatten, die Kinder in Schach zu halten, ihnen aber vorerst keinen Schaden zuzufügen.

Abrupt rasten die Fische auf Kyra zu. Einer verharrte um Haaresbreite vor ihrer Nasenspitze und riss das Maul zu voller Weite auf. Der Gestank nach verfaulten Algen war entsetzlich.

Mit einem abrupten Schlag ihrer Flughäute machte die Kreatur einen weiteren Satz auf Kyra zu – *und stülpte ihren riesigen Schlund über Kyras Gesicht*!

Einen Moment lang war Kyra überzeugt, sie würde nun sterben. Ja, gar kein Zweifel – sie war tot! Ihre Gedanken blieben dabei sachlich, beinah gelassen. Alle Angst wich für ein, zwei Sekunden von ihr. Tot … mausetot …

Sie konnte die Spitzen der Fischzähne unter ihrem Kinn und oben am Haaransatz spüren. Großer Gott, ihr ganzes Gesicht war im Inneren der Bestie!

Aber der Fisch biss nicht zu. Er wollte sie nur warnen. Seine Zähne ritzten ihre Haut, aber nicht tief genug, um auf Blut zu stoßen. Wenigstens hoffte sie das, während ihre Augen in den dunkelroten Schlund der Kreatur starrten. Ein verrückter Gedanke kam ihr in den Sinn: Von außen sah der Fisch so klein aus, aber von innen wirkte er so riesig wie der Weiße Hai.

Die Vorstellung, dass ihr Kopf im Inneren eines Haifischs steckte, war beinah zu viel für sie. Gewiss, Kyra war mutig, wenn es um das Klettern auf hohe Bäume ging, oder darum, Herrn Schwarzdorn einen Kaugummi aufs Schlüsselloch zu kleben. Aber Hexenfische, die sie bei lebendigem Leibe verschlangen, waren dann doch mehr, als sie ertragen konnte.

Sie wäre wohl in Ohnmacht gefallen, hätten ihre alarmierten Sinne sie nicht aufrecht gehalten – denn wenn sie jetzt fiel, würde sie ihr Kinn auf den unteren Zahnreihen der Bestie aufspießen!

Der Gestank! Liebe Güte, so etwas konnte es doch gar nicht geben! Es stank nach altem Fisch. Nach *totem* Fisch.

Plötzlich geschah etwas. Sie konnte nicht sehen, was es war, und dennoch spürte sie es ganz deutlich.

Der Fisch zuckte zurück. Seine Kiefer schnappten vor ihrem Gesicht zusammen wie zwei Fallbeile, die aufeinander krachten. Die Kreatur rotierte einmal um sich selbst und wandte Kyra die Schwanzflosse zu.

Jetzt erkannte Kyra, was geschehen war. Während die Hexen noch immer in ihre Beschwörung versunken waren, musste Nils seine Steinschleuder hervorgezogen und einen Kieselstein eingelegt haben. Dann, als die Fische durch Kyra abgelenkt waren, hatte er das Geschoss auf eine der Bestien abgefeuert. Kyra sah nicht, wohin das Mistvieh verschwunden war – auf alle Fälle war es fort.

Nils lud gerade die Schleuder nach, als sich der Fisch, der Kyra bedroht hatte, auf ihn stürzen wollte.

Lisa quietschte schrill auf, während Kyra – noch immer halb unter Schock – reagierte. Sie riss beide Hände hoch und packte die Kreatur an der Schwanzflosse. Der Fisch war glitschig. Sofort spürte Kyra wieder die beißende Kälte.

Nils hielt die Schleuder schussbereit.

»Jetzt!«, rief er.

Kyra ließ den Fisch los. Für einen Sekundenbruchteil zögerte die Kreatur, unsicher, auf wen sie sich stürzen sollte. Dann entschied sie sich für jenen ihrer Gegner, der ihr gefährlicher zu sein schien.

Mit weit aufgerissenem Rachen schoss sie auf Nils zu.

Der rote Einmachgummi, mit dem Nils die Schleuder bestückt hatte, zuckte vor. Der Kieselstein sauste los.

Geradewegs in das offene Maul des Höllenfisches.

Etwas Seltsames geschah: Der Stein brauchte viel zu lange, ehe er auf Widerstand traf. Fast so, als wäre der Fisch tatsächlich in seinem Inneren mehrere Meter lang, auch wenn es von außen nicht so aussah. Kyra hatte Recht gehabt: Innen war der Fisch mindestens so groß wie ein Hai. Groß genug, ein Kind mit einem einzigen Bissen zu verschlingen.

All diese Gedanken durchzuckten sie innerhalb einer einzigen Sekunde, genau zwischen dem Moment, in dem sich der Kieselstein von der Gummisehne löste, und jenem triumphalen Augenblick, als das Geschoss seine Wirkung zeigte.

Der Fisch wurde nach hinten gerissen, als hätte jemand an einer unsichtbaren Schnur gezogen. Seine Augen wurden so groß wie Tennisbälle – und dann ertönte ein furchtbares, platschendes Geräusch.

Die Bestie zerplatzte wie eine Wasserbombe, zerbarst in einer Wolke aus silbernem Schleim. Das eklige Glibberzeug besudelte die Wände, die Decke, den Boden – und die drei Freunde.

»Buääh!«, machte Nils, als eine Flut von Schleimtropfen auf ihn einprasselte. Auch Lisa sah aus, als hätte sie mit bloßer Hand in das alte Plumpsklo auf dem Hof des Bauern Reineke fassen müssen – Kyra kannte diesen Gesichtsausdruck, weil sie schon mit angesehen hatte, wie ein paar andere Kinder eben dies als Mutprobe absolviert hatten.

Kyras Blick raste zu den drei Hexen. Die Frauen waren in Trance, wiegten sich langsam vor und zurück. Ihre Lippen wisperten Zaubersprüche und Beschwörungen. Sie waren so versunken in ihr Ritual, dass sie noch nichts von den Vorgängen bemerkt hatten.

Die Fugen des Sarkophags hatten zu glühen begonnen.

»Was ist aus dem anderen Vieh geworden?«, wollte Kyra wissen, die zu diesem Zeitpunkt ja gerade im Fischmaul gesteckt hatte.

»Dem ist es genauso ergangen wie diesem hier«, erwiderte Nils.

»Allerdings war es ein wenig weiter weg«, fügte Lisa mürrisch hinzu und wischte sich Silberschleim von der Stirn. Alle drei rochen wie nasse Hunde, die sich in toten Fischkadavern gewälzt hatten.

»Wir müssen hier raus«, flüsterte Kyra. »Wir gehen an der Wand entlang, hinter den Säulen. Vielleicht merken die Hexen dann nicht, dass wir abhauen.«

»Und Abakus?«, fragte Nils. »Sollten wir nicht versuchen –«

Lisa unterbrach ihn. »Versuchen, ihn zu vernichten?« Sie schüttelte entschieden den Kopf. »Wir würden wahrscheinlich in Schleim *ertrinken*!«

»Erst mal raus hier«, meinte auch Kyra. »Danach sehen wir weiter.«

Nils gab nach und insgeheim tat er es nur zu gern.

Sie schlichen los, hinter den Säulen entlang, genau wie Kyra es gesagt hatte. Dabei blickten sie immer wieder zu den Hexen hinüber, die nur wenige Meter entfernt ihre Beschwörung vollzogen. Das Zucken ihrer geschmeidigen Körper war schneller geworden, hektischer. Ihre Bewegungen erinnerten jetzt an Schlangen, die von einem Fakir aus ihrem Korb gelockt wurden.

Die Ritzen in der Oberfläche des Sarkophags glühten immer heller, wie Heizstäbe in einem Backofen.

Die Freunde hatten fast den Fuß der Wendeltreppe erreicht, als Nils plötzlich murmelte: »Der dritte Fisch! Wo ist der verfluchte dritte Fisch – der, den wir verletzt haben?«

Noch während er sprach, lud er die Steinschleuder mit einem weiteren Kiesel aus seiner Hosentasche.

Aller Augen tasteten durch die dunklen Winkel der Krypta. Die teuflische Kreatur mochte überall lauern.

»Kommt, weiter!«, zischte Kyra. »Oder wollt ihr hier rumstehen, bis er uns angreift?«

Lisas Augen starrten angstvoll in die Schatten. »Nur raus hier«, flüsterte sie tonlos.

Nils ging als Letzter, die gespannte Schleuder feuerbereit. Auf seinen Wangen glänzte silberner Schleim. Es sah aus, als wären ihm dort Fischschuppen gewachsen.

Hinter ihnen verstummte schlagartig das Gemurmel der Hexen.

Einige Herzschläge lang herrschte vollkommene Stille. Sogar die Freunde verharrten auf den unteren Treppenstufen.

Wie in Zeitlupe drehten sie die Köpfe, schauten über die Schultern nach hinten.

Das Licht aus den Fugen des Sarkophags blendete sie wie gleißende Sonnenstrahlen – mit dem Unterschied, dass dieses Licht nicht vom Himmel herabschien. Es erstrahlte aus den tiefsten Schlünden der Hölle.

Ein Netz flirrender Glutbahnen legte sich über den Steinkörper auf den Sarkophagdeckel, verästelte sich immer weiter, ein Spinnennetz aus Feuer.

Lisa schrie voller Schrecken auf.

Die Gesichter der drei Hexen fuhren zu den Kindern herum. Erkannten, dass sie fliehen wollten. Funkelten vor Hass und Verschlagenheit.

Ein langes Donnern ertönte, erst leise, dann immer lauter. Es klang wie ein Düsenjet, der aus großer Entfernung näher kam. Etwas raste heran, herauf aus unvorstellbaren Tiefen.

Das Gesicht der Steinfigur zuckte. Ihr Lächeln wurde breiter, doch nicht länger erschien es gütig und gnadenvoll. Jetzt wirkte es triumphierend, voller Hohn und listigem Spott.

Granitfinger bewegten sich. Stofffalten aus Stein begannen zu wallen. Der graue Bart teilte sich in einzelne Haare, borstig wie Spinnenbeine. Abakus schlug die Augen auf. Augen aus Stein, kalt und gefühllos.

Ein zuckender Adamsapfel wölbte sich aus dem porösen Hals. Die Wangen fielen ein, die Augenbrauen zogen sich an den Seiten nach oben. Aus seinen Fingerspitzen wuchsen Nägel, so scharf wie Rasierklingen, so lang wie Küchenmesser.

Abakus richtete sich auf.

Die Hexen kreischten in Ekstase.

Die Kinder schrien vor Entsetzen.

Die Steinaugen des Magisters richteten sich auf die Flüchtenden. Seine Stimme klang wie ein Sturmwind, der durch die Türme einer Burgruine rast.

»Und sehet«, verkündete er eisig, »Abakus ist heimgekehrt!«

Die Sieben Siegel

Chris hatte die Nase gestrichen voll.

Allmählich verlor er die Lust an diesem Abenteuer. Kyras Tante hatte es bislang nicht für nötig gehalten, auch nur eine seiner zahlreichen Fragen zu beantworten. Hatte er sie nicht gerade erst aus dem Turm befreit, vielleicht gar ihr Leben gerettet? Ja, natürlich hatte er! Aber behandelte sie ihn deshalb vielleicht wie einen Helden? Oder hatte sie auch nur ein schlichtes »Danke« für ihn übrig? Nichts dergleichen! Stattdessen ließ sie ihn dieses blöde Buch durch die Gegend schleppen, ganz so als wäre er ihr Packesel.

Die beiden erreichten den Haupteingang der Kirche. Kyras Tante zögerte kurz, dann legte sie eine Hand auf den schweren Eisenring.

»Bist du bereit?«, fragte sie, ohne Chris anzusehen.

»Bereit für was?«, erwiderte er missmutig.

Sie lächelte. »Du *bist* bereit.«

Und mit diesen Worten stieß sie die Tür auf.

Weihrauchgeruch und kalte Luft wehten ihnen aus dem Inneren der Kirche entgegen, so als hätte man im Winter ein Fenster geöffnet. Chris schauderte.

Gemeinsam traten sie ein. Aus der Dunkelheit am anderen Ende des Raumes, jenseits des Altars, ertönten Geräusche und Stimmen. Sehr gedämpft, als wären sie weit, weit entfernt.

»Sie sind in der Krypta«, murmelte Kyras Tante.

Chris brummte etwas Unverständliches. Von der Schlepperei bekam er allmählich Rückenschmerzen.

Sie gingen den Mittelgang der Kirche entlang, Kyras Tante voran, Chris hinterher. Ihm war alles andere als wohl, und natürlich war er in Anbetracht der Umstände schlecht gelaunt – trotzdem hätte er all das um nichts in der Welt missen wollen. Während all seiner Jahre in vielen Ländern der Welt hatte er schon einiges erlebt, aber so etwas wie hier … nein, so etwas noch nicht. In Giebelstein schien mehr los zu sein, als er erwartet hatte. Eine *Menge* mehr.

Sie hatten kaum die Hälfte des Weges zum Altar zurückgelegt, als in der Finsternis plötzlich Kindergeschrei laut wurde. Trappelnde Schritte ertönten.

Kassandra blieb stehen. »Kyra?«, fragte sie besorgt.

Die drei Kinder kamen die Wendeltreppe heraufgesprungen. Chris hatte noch nie jemanden so schnell rennen sehen wie Kyra und ihre Freunde. Alle drei waren von oben bis unten mit irgendetwas Silbernem bekleckert. Plötzlich roch es in der ganzen Kirche nach schlecht gewordenem Tunfisch.

Kyras Augen wurden groß, als sie ihre Tante erkannte – und noch viel größer, als sie Chris entdeckte.

»Weg hier!«, brüllte sie und rannte auf die beiden zu. Ihre Freunde folgten ihr.

Die Dunkelheit hinter dem Altar, dort wo die Treppe in die Tiefe führte, schien zu fester Form zu gerinnen. Eine schwarze Gestalt wuchs in den Schatten empor, gefolgt von drei weiteren.

Abakus trat ins Regenbogenzwielicht der Buntglasfenster.

Kyra hatte nicht die geringste Ahnung, was ihre Tante und dieser Chris miteinander zu schaffen hatten – doch dies war schwerlich der beste Zeitpunkt, sich darüber Gedanken zu machen.

Sie und die beiden Geschwister rannten den Mittelgang hinunter, auf Tante Kassandra und den Jungen zu. Dahinter – scheinbar unendlich weit entfernt – klaffte das helle Rechteck der offenen Kirchentür. Wenn sie es bis dorthin schafften, hinaus ins Tageslicht, ja vielleicht waren sie dann in Sicherheit vor den Kreaturen der Nacht.

Aber natürlich schafften sie es nicht.

Plötzlich keuchte Tante Kassandra auf. Ihr rotes Haar flatterte, dann traf sie ein heftiger Windstoß und warf sie nach hinten, mehrere Meter weit.

Abakus' Lachen ließ die Kirche erbeben.

Kyra drehte sich zu ihm um und sah, dass er die rechte Hand ausgestreckt hatte und damit auf Tante Kassandra deutete. Er war es, der den Wind verursachte, einen magischen Höllensturm, so eng gebündelt wie der Wasserstrahl aus einem Gartenschlauch.

Tante Kassandra wurde immer weiter nach hinten getrieben. Sie wedelte mit beiden Armen, aber der Wind war zu stark, um sich dagegen zu wehren. Niemand sonst wurde davon berührt, nur sie allein.

»Das Buch …«, rief sie mühsam, ehe der Sturm die Worte von ihren Lippen blies.

Abakus lachte noch lauter. Seine Augen blitzten siegessicher.

Tante Kassandra wurde von dem Wind durch das offene Tor getrieben. Dann schlug der Türflügel mit einem ohrenbetäubenden Krachen zu. Sie war ausgesperrt. Die Kinder waren jetzt allein mit Abakus und seinen Hexen.

Die drei Frauen kochten vor Wut über den Verlust ihrer Fische. Vorgebeugt, mit zu Klauen gekrümmten Fingern, wollten sie sich auf die Kinder stürzen, doch Abakus hielt sie zurück. Die Hexen gaben zischende Laute von sich wie Giftschlangen, fügten sich aber dem Befehl ihres Meisters.

Lautes Pochen ertönte. Tante Kassandra hämmerte von außen gegen das Tor. Vergeblich.

Kyra, Nils und Lisa erreichten Chris, der immer noch starr vor Schreck das Buch umklammerte. Gemeinsam wichen die vier in Richtung des Ausgangs zurück. Kyras Gedanken überschlugen sich. *Das Buch.* Was hatte Tante Kassandra damit gemeint? Es gab darin keine Zaubersprüche, nichts, was ihnen helfen würde. Nur Namen. Tausende von Namen.

Eine der Hexen wurde ungeduldig und machte einen Satz an Abakus vorbei auf die Kinder zu. Sie hatte jetzt mehr Ähnlichkeit mit einer hungrigen Raubkatze als mit einem Menschen.

Die vier Freunde schrien auf, als sie die rachsüchtige Frau auf sich zueilen sahen. Chris, der auf all das nicht vorbereitet war, ließ vor Entsetzen das Buch fallen.

»Oh nein!«, entfuhr es Kyra, als sie sah, wie der schwere Lederband am Boden aufschlug.

Doch da waren die vier schon weitergelaufen. Keiner wagte, noch einmal umzukehren und das Buch wieder aufzuheben. Chris fluchte.

Abakus' Arm schoss vor. Er hatte noch immer die Farbe von Stein, war aber beweglich wie lebendiges Fleisch. Der Arm schien mit einem Mal länger zu werden, streckte sich wie ein Teleskop aus Muskeln und Haut. Seine Finger krallten sich in das Haar der ungehorsamen Hexe, rissen sie zurück. Die Frau kreischte gellend auf und entfernte sich wieder von den Kindern.

Die kalten Augen des Hexenmeisters waren jetzt wie gebannt auf das Buch gerichtet. Einen Moment lang schien er jedes Interesse an den Kindern zu verlieren.

Mit weiten Schritten ging er den Gang hinunter und bückte sich neben dem Buch am Boden. Als der Band auf den Steinplatten aufgeprallt war, hatten sich die Seiten in der Mitte geöffnet. Neugierig musterten Abakus' Steinaugen die engen Buchstabenkolonnen. Seine messerscharfen Krallen blätterten vorsichtig von Seite zu Seite.

»Das Buch der Namen«, flüsterte er heiser. Dann schaute er auf und blickte die Kinder an. Seine Sprache und sein Tonfall klangen altmodisch. »Wie gelangte es in euren Besitz?«

Niemand gab ihm Antwort. Die vier hatten jetzt das Tor erreicht. Auch von innen ließ es sich nicht öffnen. Noch immer vibrierte es unter Tante Kassandras Schlägen.

Sie waren gefangen.

»*Antwortet*!«, zischten die drei Hexen im Chor.

»Wir …«, sagte Kyra zögernd, »… wir haben es gefunden.«

Abakus blätterte weiter. Seine Blicke überflogen die handgeschriebenen Namen. Schließlich kam er an die Seite, unter der das Geheimfach verborgen war.

Seine buschigen Augenbrauen hoben sich vor Verblüffung.

»Was ist das?«, murmelte er halblaut zu sich selbst.

Mit einem Fingernagel fuhr er sanft über die Worte, die auf dem Deckblatt geschrieben standen:

Mater Tenebrarum
Mater Suspiriorum
Mater Lacrimarum

Kyra hielt den Atem an. Chris starrte gebannt auf den Hexenmeister. Nils und Lisa lehnten mit dem Rücken am Tor, ihre Züge waren wie eingefroren.

Die Hexen näherten sich ihrem Meister von hinten. Neugier trieb sie voran. Vorsichtig schauten sie über seine Schulter.

»Die geheimen Namen«, flüsterte eine von ihnen.

Abakus' Kopf fuhr herum. Sein strafender Blick brachte die Hexe zum Schweigen. Dann sah er zu den Kindern herüber. »Ihr ahnt nicht, wie dankbar ich euch bin«, sagte er mit boshaftem Lächeln.

Er hob seine Rechte, holte aus – und bohrte alle fünf Fingernägel durch das Deckblatt. Was Kyra mit einer Schere misslungen war, gelang ihm mit bloßer Hand: Das Papier zerriss. Abakus zerfetzte es mit zwei, drei Schlägen seiner Rasiermesserklauen.

Weißes Licht fiel von unten auf das Gesicht des Hexenmeisters. Es strömte aus dem Geheimfach, als hätte jemand darin einen Scheinwerfer eingeschaltet.

Und dann – ohne dass eines der Kinder begreifen konnte, was geschah – ging alles ganz schnell.

Abakus' Züge verzerrten sich.

»Eine Falle!«, kreischte er aufgebracht. »Es ist eine Falle!«

Er löste sich von dem Buch, taumelte zurück. Dabei stieß er gegen die Hexen und schleuderte sie achtlos beiseite. Während er selbst zum Altar zurückwich, einen Arm schützend vor das Gesicht gelegt, stolperten die drei Hexen übereinander und stürzten zu Boden.

Das Licht aus dem Buch wurde heller. Verzehrender.

Eine gleißende Lichtkugel, nicht größer als ein Golfball, löste sich aus dem Geheimfach, schwebte empor und raste auf eine der Hexen zu. Weitere Lichter folgten ihr.

Die Frau brüllte auf, als die Glutkugel sie traf. Augenblicke später zerfiel sie zu Asche.

Ihren Gefährtinnen erging es nicht besser. Nur bei der letzten Hexe konnte Kyra erkennen, was vor sich ging: Als die Kugel die Frau berührte, glühten auf deren Haut sekundenlang sieben helle Punkte auf. Dann machte das Licht auch ihr den Garaus.

Bald darauf erinnerte nur noch grauer Staub am Boden an die Existenz der drei Hexen.

Abakus stieß auf seiner Flucht mit dem Rücken gegen den Altar. Er riss den Mund auf, um zu schreien – und die Lichtkugel, die ihm folgte, raste geradewegs in seinen Schlund. Siebenmal blitzten seine Augen hell auf, als gäbe jemand im Inneren seines Schädels Morsezeichen.

Schließlich ertönte ein lautes Krachen und Bersten. Abakus' Steinkörper explodierte in einer Wolke aus Felssplittern. Ein grauer Granitregen ging auf den Altar und die Kirchenbänke nieder.

Die Kinder hatten sich vor dem Tor zusammengekauert. Keines von ihnen verstand, was geschehen war. Kyra dachte nur: Tante Kassandra, du wirst eine Menge zu erklären haben, wenn wir jemals lebend hier rauskommen …

Vier Leuchtkugeln rasten auf die Kinder zu, und ehe irgendwer die Flucht ergreifen oder auch nur aufschreien konnte, traf jede ihr Ziel.

Es tat nicht weh. War nicht einmal unangenehm.

Kyra spürte verblüfft, wie eine der Kugeln über ihren Unterarm rollte. Siebenmal blitzte es an der

Stelle, wo die Glut sie berührte. Eine sanfte Wärme ging davon aus und eine tiefe Ruhe ergriff von ihr Besitz.

Auch den anderen fügten die Kugeln kein Leid zu. Chris, Nils und Lisa fühlten, wie die Lichter über ihre Haut strichen, aber keiner verspürte Schmerzen. Auf einen Schlag wichen all ihre Ängste. Es war, als radierten die Glutkugeln ihre Furcht einfach aus.

Dann aber schwebten die Lichter wieder empor und zogen sich zurück. Wie ein Schwarm heller Leuchtkäfer schwirrten sie auf das offene Buch zu und verschwanden in dem Geheimfach. Ein paar Sekunden lang herrschte Schweigen, dann fauchte plötzlich eine Stichflamme aus der Öffnung empor, entzündete die uralten Seiten und verwandelte sie in einen lodernden Feuerball. Innerhalb weniger Atemzüge zerfiel das Buch der Namen zu Ascheflocken.

Kyra starrte entgeistert auf die Stelle, an der die Lichtkugel sie berührt hatte.

Auf der bloßen Haut ihres Unterarms waren sieben Male erschienen. Erst glaubte sie, es seien Brandwunden. Doch als sie mit der Fingerspitze darüber fuhr, tat es nicht weh. Ihre Haut fühlte sich glatt und gesund an.

Sie schaute genauer hin und bemerkte, dass es sieben Symbole waren. Sieben sonderbare Zeichen.

Auch die anderen hatten ihre Ärmel zurückgestreift und blickten verwirrt auf ihre Unterarme. Jeder von ihnen hatte die gleichen Male zurückbehalten, wie Tätowierungen.

Sie sahen aus wie Schriftzeichen aus einem längst vergangenen Zeitalter.

Viel später, nachdem sich die Kinder und Tante Kassandra zurück zur Stadt geschleppt hatten, regte sich etwas im Inneren von Sankt Abakus. Eine Windböe fuhr zwischen die Kirchenbänke und wehte die Asche der Hexen und die Überreste ihres Meisters durch das Tor. Draußen wurden sie in alle Himmelsrichtungen verstreut.

Und noch etwas geschah.

In den Schatten des Treppenschachts entstand Bewegung. Etwas Silbernes schoss mit flatternden Flughäuten empor und zog eine Schleife durch das verlassene Innere der Kirche.

Die Wunden des Fisches rauchten nicht mehr. Das Weihwasser hatte Spuren zurückgelassen, aber keine davon war tödlich.

Sekunden später zerbarst eines der Buntglasfenster und der Fisch raste durch den funkelnden Scherbenregen ins Freie.

Wie ein metallisches Geschoss jagte die Kreatur über die Wiesen und Hecken, über den Bahndamm und das Hügelgrab. Zuletzt wurde sie von zwei Amseln gesehen, die erschrocken auseinander stoben, als das Albtraumwesen an ihnen vorüberschoss.

Ein letztes Aufblitzen von Sonnenschein auf silbernen Schuppen, dann verschwand der Fisch in den Tiefen der Wälder.

Das Erbe

Die vier Kinder saßen mit Tante Kassandra im Teeladen.

Kyra hatte von oben zwei Stühle hinzugeholt, damit jeder einen Sitzplatz hatte. Alle hatten sich der Reihe nach geduscht und Tante Kassandra hatte an die Jungen ein paar Pullover verteilt. Lisa trug ein Sweatshirt von Kyra. Obwohl sie ihre Kleidung gewechselt hatten, roch es im ganzen Laden nach Fisch.

»Das stinkt ja schlimmer als der Krabbentee von vor zwei Wochen«, bemerkte Nils.

Tante Kassandra schenkte ihm einen rügenden Blick, erwiderte aber nichts darauf.

»Ihr habt bemerkt, dass sich die Male auf euren Armen nicht abwaschen lassen, nicht wahr?«, sagte sie stattdessen. Die Kinder nickten. »Nun, das ist kein Wunder. Es sind magische Male. Man nennt sie die Sieben Siegel. Und ihr seid nicht die Ersten, die sie tragen. Kyras Mutter besaß sie ebenfalls.«

»Meine *Mutter*?«, entfuhr es Kyra verwirrt.

»Aber ja.« Tante Kassandra lächelte sanft. »Wir haben niemals darüber gesprochen, weil dein Vater und ich die Hoffnung hatten, dass es vielleicht nicht nötig sein würde. Jetzt aber ist der rechte Zeitpunkt gekommen. Du, Kyra, wirst das Erbe deiner Mutter antreten. Und deine Freunde hier werden dir helfen. Das werdet ihr doch, oder?«

Das Nicken der anderen wirkte nicht besonders überzeugend. Und wer konnte ihnen das nach allem, was sie durchgemacht hatten, schon verübeln?

»Einst, vor vielen Jahren, war deine Mutter ein Mitglied des Arkanums«, sagte Tante Kassandra. »Das war lange, bevor sie deinen Vater kennen lernte. Und viele, viele Jahre vor ihrem Tod.«

»Wow«, entfuhr es Nils. »Eine Hexe? Trug sie denn auch solche Miniröcke und Stöckelschuhe und –«

»Nils!«, fuhr Kyra ihn an.

Er verstummte mit einem Grinsen.

Tante Kassandra lächelte wieder. »Sie war in der Tat eine ungewöhnlich schöne Frau. So wie du es einmal sein wirst, Kyra.«

Chris räusperte sich verlegen. Er und Kyra wechselten einen kurzen Blick, doch dann schaute jeder wieder schnell in eine andere Richtung. Chris konzentrierte sich verlegen auf seine Teetasse.

»War meine Mutter auch ... böse?«, wollte Kyra zögernd wissen.

»Nun ja, sie gehörte zum Arkanum, das lässt sich nicht beschönigen«, erwiderte Tante Kassandra. »Doch dann, schon nach kurzer Zeit, änderte sie ihre Meinung. Sie war entsetzt über die Verbrechen der anderen Hexen, und so entschloss sie sich, gegen die Hexengemeinschaft aufzubegehren. Sie raubte das Buch der Namen aus einem Heiligtum des Arkanums und tauchte unter. Fortan jagten die Hexen sie, aber umgekehrt machte auch deine Mutter Jagd auf Mitglieder des Arkanums. Bald galt sie als erbitterte Feindin aller Hexen. Sie besiegte Zahllose von ihnen im magischen Kampf und schickte sie, ganz buchstäblich, zur Hölle.«

»Was hat es denn mit dem Buch auf sich?«, wollte Chris wissen.

»Und was bedeuteten die Worte auf dem Geheimfach?«, hakte Kyra nach.

»Vom Buch der Namen existieren nur wenige Exemplare. Darin stehen die Namen aller Mitglieder des Arkanums, ihre wahren Namen, versteht ihr? Das ist wichtig, denn untereinander kennen sie sich nur unter ihren Hexennamen. Wer aber den wahren Namen eines anderen kennt, der gewinnt magische Macht über denjenigen. So war es schon immer, vor tausend Jahren ebenso wie heute.« Sie holte tief Luft. »Was die lateinischen Worte auf dem Geheimfach angeht, nun, das ist nicht ganz einfach. *Mater Tenebrarum, Mater Suspiriorum, Mater Lacrimarum.* Übersetzt heißt das: die Mutter der Finsternis, die Mutter der Seufzer und die Mutter der Tränen.«

Tante Kassandra schenkte sich Tee nach, dann fuhr sie fort: »Die berüchtigten Drei Mütter. Die finsteren Gottheiten des Arkanums. Die höchsten und grausamsten aller Hexen. Niemand hat sie je gesehen, und es ist ungewiss, ob sie Menschen sind oder Geister. Auf alle Fälle heißt es, dass sie schon seit Anbeginn der Zeit existieren. Selbst Abakus war im Vergleich zu ihnen nur ein harmloser Schuljunge.«

»Natürlich!«, platzte Kyra heraus. »Abakus sah die

Schrift auf dem Geheimfach und glaubte, darin wären die wahren Namen der Drei Mütter verborgen. In seinem Größenwahn glaubte er, er könnte sogar über sie Macht erlangen. Deshalb zerstörte er das Deckblatt.«

»Ein Trick deiner Mutter«, sagte Tante Kassandra und nickte. »Sie wusste, dass kein Mitglied des Arkanums dieser Verlockung widerstehen würde. Ihr müsst wissen, die wenigsten Hexen haben das Buch der Namen je in Händen gehalten. Für die meisten ist es nur eine Legende. Selbst Abakus wusste offenbar nicht genau, was er davon zu erwarten hatte. Auf alle Fälle hat deine Mutter ihr Exemplar präpariert. Sie belegte das Geheimfach mit einem mächtigen Zauber, der jeden vernichten sollte, der es öffnet. Doch nur jene, die ein schwarzes Herz und eine schwarze Seele haben, konnten dadurch zu Schaden kommen. Alle anderen aber, Menschen, die an das Gute glauben, sollten durch den Zauber das Zeichen der Sieben Siegel erhalten – so wie ihr.«

»Und was genau bedeuten diese Siegel?«, fragte Lisa und rieb sich den Unterarm.

»Sie sind eine Art Ausweis, der die Feinde des Arkanums kennzeichnet. Solltet ihr je einem Menschen begegnen, der diese Male trägt, so könnt ihr sicher sein, dass ihr von ihm nichts zu befürchten habt. Aber die Sieben Siegel haben noch einen anderen Zweck. Ihr werdet bald merken, dass sie verblassen – doch immer dann, wenn Gefahr vonseiten des Arkanums oder anderen Teufelsmächten droht, werden die Siegel wieder erscheinen. Als eine Warnung vor den Dienern des Bösen.«

Die Kinder saßen stumm auf ihren Plätzen. Tausend Gedanken schwirrten durch ihre Köpfe. Ihnen war klar, dass sie keiner Menschenseele von all dem erzählen konnten, vor allem nicht ihren Eltern. Niemand würde ihnen glauben.

Chris erholte sich als Erster vom Schock dieser Offenbarungen. »Frau Rabenson?«, sagte er ein wenig schüchtern. »Ich finde übrigens, Ihr Tee schmeckt toll.«

Drei Augenpaare durchbohrten ihn mit fassungslosen Blicken.

»Ähem, ja, wirklich«, sagte er.

Das schlug wirklich alles. Hexen und Zaubermale, geheime Bücher und uralte Dämonen konnte man vielleicht verkraften – aber dass jemandem Tante Kassandras Teemischungen schmeckten, das war wirklich unglaublich. Geradezu erdballerschütternd.

»Darf ich vielleicht noch einen anderen probieren?«, fragte Chris, als wollte er dem Ganzen unbedingt die Krone aufsetzen.

Kyra verdrehte die Augen. Sie wusste genau, was jetzt kommen würde.

»Aber *natürlich*!«, erwiderte Tante Kassandra erfreut. Geschwind sprang sie auf und zog ein halbes Dutzend Teedosen aus ihren Regalen.

Nur einmal drehte sie sich um und grinste die Kinder der Reihe nach an.

»Ich bin sicher, es ist genug für euch alle da.«

Das Stöhnen der drei ging im Scheppern der Dosendeckel unter.